왜 남과 자신을 비교하는가

Overcoming the Rating game
beyond self-love
beyond self-esteem

왜 남과 자신을 비교하는가

폴 호크 지음 | 박경애 · 김희수 옮김

주눅 든 현대인이 자신있게
성공하기 위한 호크 박사의 조언

도서
출판 사람과사람

열등감을 극복하기 위하여

이 책은 인지-정서-행동치료*Rational-Emotive-Behavior Therapy* 중에서 다양성을 강조하는 원리에 기초를 둔 자조*self-help*심리학에 관해 내가 쓴 열네 번째 저서이다. 지난날 나는 주로 정서적 장애, 즉 우울증, 분노, 두려움, 질투, 그리고 과도한 수동성에 관해 다루었다. 어린이를 키울 때, 그리고 사랑과 결혼 등에 인지-정서-행동치료가 어떻게 적용되는가를 살펴본 것이다. 이 책을 읽은 분들은 알겠지만, 그 동안 펴냈던 13권 모두 여러분들이 일상적인 삶을 조화 있게 꾸려나갈 수 있는 심리학적 사실에 관한 풍부한 정보를 담고 있다.

이들 책은 지난 25년에 걸친 사랑의 결과물이다. 물론 나는 이들 책에 중복된 부분이 많다는 것을 잘 알고 있다. 다소 변명 같이 들리겠지만, 그것은 불가피한 일이었다. 내가 했던 일들은 인지-정서-행동치료의 원리들이 어떻게 특정한 감정 조건에 적용되는지 보여주는 것이었다. 자기훈련에 관해 설명하려면 과도한 수동성에서 이야기했던 인지-정서-행동치료의 일부 원리를 또 끌어낼 필요가 있었다. 전체적인 틀 안에서 항상 새로운 주제에 초점을 맞추면서 한 권에서 다음 책으로 진행하는 방법을 사용하게 된 것이다.

마지막 책을 낸 후, 몇 달 동안 나는 일반적인 정서적 혼란에 대해 내가 말하고자 하는 모든 것을 언급했다고 생각했다. 그러나 내가 알고 있는 어떤 인지-정서-행동치료 학자들도 일반 독자들을 위해 책을 낸 적이 없다는 것을 발견하고는 뒤늦게나마 이 책을 쓰기 시작한 것이다.

이 책은 열등감이라는 주제와 열등감이 어떻게 형성되는가에 대해 이야기하고 있다. 이 주제에 몰두하고 있어서일까, 내가 지금까지 왜 이렇게 중요한 문제를 남겨 두었는지 모르겠다. 무의식적으로 마지막을 위해 가장 중요한 것을 남겨두었던 게 아닐까 싶을 정도였다.

여느 때와 마찬가지로 이 책을 쓰기 전만 해도 인지-정서-행동치료가 어떻게 낮은 자존감을 설명하는지에 대해 불완전한 개념만을 갖고 있었다. 그런데 일단 글을 쓰기 시작하자, 단편적인 조각들이 제자리를 찾게 되었다. 많은 임상 관찰, 그리고 인지-정서-행동치료의 창시자인 앨버트 박사와 나눈 짧은 대화를 통해 열등감에 대한 나의 생각이 기본적으로 옳았다는 것을 확신하게 되었다. 그러자 나는 매우 만족스러운 마음이 들었다. 마치 크리스마스 선물에 리본을 매달 때처럼 말이다.

인생의 곳간에 행복의 열쇠를

요즘 사람들은 갑작스런 생활환경 변화로 정상적인 대인관계를 잃어가고 있다. 아름다운 인성이 보존되기 어려운 물리적 도전으로 몸살을 앓는 사람들 또한 적지 않다.

많은 사람들이 대수롭지 않은 일에 초조해 한다. 소리가 없으면 불안해하고, 별 것 아닌 것으로 남과 비교하여 의기소침해지고 자신을 형편없는 인간으로 폄하한다. 극단적인 경우, 자신의 미래에 희망이 없다고 생각하여 극도의 우울로 치닫다가 결국은 자살을 시도하는 경우도 늘어나고 있다. 물질적 극대화에서 파생하는 여러 가지 비인간화 현상이 인간의 정서적 감수성을 퇴화시키고 거친 부적응 행동으로 마모되는 인간을 양산하고 있는 것이다. 그야말로 그 어느 때보다 정신과나 전문 심리치료 및 상담을 필요로 하는 사람들이 많아졌다.

그 동안 일선에서 심리상담치료를 하면서 보통사람들이 정신 건강을 돌보는데 필요한 자가 치료서들이 많이 출판되고 보급

되기를 바라는 마음이 간절했다. 경미하고 일시적인 문제들은 굳이 전문가의 도움이 없더라도 독서를 통해 그 해결책을 마련할 수 있으며, 전문상담이나 치료를 받는 경우에도 독서를 병행하면 상담치료에 투입되는 시간을 단축할 수 있기 때문이다.

이 책은 상담치료의 독특한 분야인 인지-정서-행동치료의 원리와 기법을 활용하여 평범한 사람들이 자신의 문제를 해결하고 행복해질 수 있는 방법에 대해 기술하고 있다. 이 책을 잘 탐독하면 바뀌지 않는 자신의 상황에 연연해 하지 않으면서 자기 능력을 극대화하고, 자신이 몸담고 있는 곳에서 얼마든지 성공할 수 있는 철학과 태도를 연마할 수 있다.

세상에 단숨에 이루어지는 것은 없다. 저자의 권고처럼 꾸준히 연습하고 책에서 익힌 대로 하려고 노력하는 과정에서 독자 여러분은 인생의 곳간에 행복의 열쇠를 거머쥐게 되는 것이다.

독자 여러분의 건투를 빈다.

차 례

첫 번째 이야기

열등감과 우울증의 신호

세 번째 이야기

자신이나 타인을 결코 평가하지 마라

다섯 번째 이야기

사람들이 당신을 존중하게 하라

첫 번째 이야기

열등감과 우울증의 신호

자기 자신을 어떻게 생각하는가

얼마 전, 주립 정신병원에서 수석 심리학자로 일하고 있을 때였다. 어느 날, 30대의 한 남자와 이야기를 나누면서 자기혐오가 인간에게 얼마나 큰 영향을 끼치는가를 새삼 확인할 수 있었다. 그는 이런 말을 했다.

"저는 비열한 인간입니다. 제게 가치 있는 것이라곤 아무것도 없습니다. 그 누구도 저와 가까워지면 제가 얼마나 형편없는 인간인지를 금방 알아차릴 것입니다. 제 몸에서는 지독한 냄새도 난답니다."

한마디로 그는 자기 자신을 대단히 부정적으로 받아들이고 있었다. 자기 몸에 검고 불쾌한 것이 가득 차 있다고까지 믿고 있었다. 하지만 내가 보기에 그는 아주 쾌활한 성격에 외모 또한 매력적으로 잘 생긴 남자였다. 성격 또한 좋았고 붙임성도 있었다. 그런데도 그는 자신을 지독히도 싫어했고 대단히 비하하고 있었다.

그 뒤, 텔레비전에서 세계미인대회를 시청하면서 참 인상적인 모습을 발견하고는 많은 것을 생각했다. 그 대회에서 사회자는 세계 각지에서 참가한 미인들에게 여러 가지 질문을 던졌는데, 그 중 눈길을 끈 것은 '만일 자기 미래를 선택할 수 있다면 어떤

19

사람이 되고 싶은가?' 라는 질문이었다.

참가자들의 답변은 다양했다. 어떤 미인은 세계적인 영화배우가 되고 싶다고 했고, 어떤 미인은 유명 인사의 아내가 되고 싶다고 했다. 세계적인 갑부로 명성을 날리고 있는 여류 명사의 이름을 댄 사람도 있었다. 눈길을 끈 여인은 남미에서 온 두 명의 미인이었다. 두 사람은 지금의 자신이 되고 싶다고 했다.

건강한 자아상과 그렇지 못한 자아상의 차이란 무엇일까. 한마디로 자기 자신을 싫어하는가, 아니면 있는 그대로 받아들이는가의 차이이다. 여러분도 잘 알다시피, 자기 자신을 싫어하는 사람들은 늘 우울해하고 모든 일에 불안해한다. 반면에 자기 자신을 수용하는 사람들은 모든 일에 의욕적이고 적극적일 뿐더러 만족스러워 한다.

여러분은 자기 자신을 어떻게 받아들이고 있는가.

위의 두 가지 사례를 통해, 여러분은 삶과 미래에 관한 자기인식self-perception의 효과가 얼마나 중요한가를 알아차렸을 것이다. 분명한 사실은 다른 사람이 나를 어떻게 생각하고 평가하는가보다 자기 자신이 스스로를 어떻게 생각하고 평가하는가 하는 점이 중요하다는 점이다.

만일 이 책을 읽는 당신이 자신을 지독히도 싫어한다면 당신의 삶은 분명 대단히 고통스러울 것이다. 아마도 지옥을 끌어안고 살아가는 것 같을 것이다. 반대로 자기 자신의 실수나 나약함

도 용서할 수 있을 만큼 스스로에 대해 너그럽고 수용적인 사람
이라면 편안하고 행복한 삶을 꾸려 나갈 것으로 믿는다.

왜 남의 평가에 귀를 기울이는가

이 책은 여러분들에게 적극적인 삶의 태도를 스스로 어떻게
성취할 것인가 하는 방법을 제시하고 있다. 생각해 보면, 너무나
평범하고 간단한 이야기이다. 그런데도 대부분의 사람들은 그렇
게 하지 못하고 있다. 자기평가보다는 다른 사람의 평가에 먼저
귀를 기울인다. 때로는 스스로를 지나치게 폄하하거나 주눅 들
어 한다. '형편없는 인간, 잘 하는 게 별로 없는 인간'이라고까지
단정 짓는 사람이 적지 않다. 물론 지나치게 잘났고 남보다 우월
하다고 믿는 사람도 있다.

왜 그럴까. 나는 이 책에서 여러분에게 자신의 삶을 바꿀 수
있는 확실한 아이디어를 제시할 것이다. 이 기법을 따라 하다 보
면 여러분은 분명 자신의 삶에 놓여 있는 장애물을 쉽게 넘어설
수 있을 것이고, 자신이 갖고 있는 개인적 성취감이나 잠재력에
대해 새삼 감탄하게 될 것이다.

물론 이 책에서 제시된 기법들은 언뜻 보기에 누구나 다 아는
상식적인 내용이라고 치부하기 쉽다. 하지만 막상 실천해 보면

그리 쉽지 않음을 알게 될 것이다. 건강을 유지하려면 운동을 해야 하지 않는가. 마찬가지로 자신을 바꾸려면 먼저 심리적인 기술을 개발할 필요가 있다. 이 책을 한번 읽었다고 해서 다른 사람으로 변화될 수는 없다. 자기 자신을 변화시키려면 일생 동안 당신에게 열등감과 죄책감의 굴레를 씌운 것에 대해 오랫동안 생각해 봐야 할 것이다.

이 책을 읽으면 대략 몇 달 동안 마음의 평화를 얻을 수는 있을 것이다. 하지만 보다 확실하게 자기 것으로 만들려면 몇 년에 걸쳐 주기적으로 응용해 봐야 한다. 그래야만 자신이 어떻게 변했으며 예전보다 얼마나 달라졌는지, 또 얼마나 좋아졌는지를 알 수 있을 것이다.

시간이 오래 걸리고 주기적인 훈련이 필요하다고 해서 귀찮아하거나 포기하지 마라. 아무리 시간이 오래 걸린다고 해도, 그리고 힘들다 피곤하다고 해도 당신이 공들이고 노력한 대가는 충분히 받을 것이다.

예컨대, 몸이 너무 뚱뚱하여 체중을 10킬로그램 가량 줄이고 싶다고 할 때, 적어도 한두 달 정도 노력해서 될 수 없음은 잘 알 것이다. 그리고 5킬로그램 감량했다고 해서 실패한 것도 아니다. '절반의 성공'이란 것도 있음을 잊지 마라.

무엇보다도 자신이 열등감이란 문제로 고민하고 있다는 점에 대해 실망하거나 주눅 들지 마라. 세상에는 당신이 안고 있는 문제로 고민하는 사람들이 하나 둘이 아니다. 또 내가 제시한 방법을 좇아 열등감을 떨쳐내는 데 성공한 사람들이라고 해서 특별한 사람들도 아니다. 다른 사람이 할 수 있다면 당신도 해낼 수 있다. 물론 사람에 따라서는 잘하지도, 빨리 하지 못할 수도 있다. 그러나 그것은 중요한 문제가 아니다. 문제는 열등감을 줄이는 데 도움이 되고 자기 자신에게 좀더 관대해지는 효과를 얻는다는 점이다.

당신이 자기혐오에 빠져 있거나 열등감을 갖고 있는 인간임을 알 정도라면 자기 자신을 있는 그대로 받아들이는 방법을 배울 수 있고, 자신에 대해 나쁘게 생각하는 것을 거부할 수도 있다. 당신이 오늘도 계속 자기파괴적 방식으로 행동하는 까닭은 오직 하나뿐이다. 오랫동안 부정적인 생각에 얽매여 왔고 익숙해졌기 때문이다.

자기혐오나 자기비하는 건강에도 좋지 않다. 나쁜 습관이다. 좋지 못한 습관은 버리는 게 좋다. 따라서 자기혐오나 열등의식 등 감정적인 문제들이 나쁜 습관이라고 생각하라. 그러면 당신이 지금부터 할 일이 무엇인지를 알 것이다.

누구나 다 아는 얘기이지만 인간은 변할 수 있다. 아니, 변한다. 삶의 어느 한 시점이 엉망이라고 해서 미래 역시 엉망일 것이라고 단정지을 수는 없지 않은가. 습관 역시 마찬가지이다. 사람들은 일생 동안 필요에 따라 습관을 바꾸며 살아온다. 이제 여러분은 몇 가지 습관을 더 바꾸어야 한다. 그래야만 감정적인 평화와 행복을 얻을 수 있다. 습관은 학습되기도 하고 학습되지 않을 수도 있다.

거듭 강조하지만, 자신을 적으로 만들지 마라. 그리고 지금 당장 시작한다고 해서 늦은 것도 아니다. 시작이 반이라는 속담을 다시금 기억하라.

악수하면서 상대방 눈을 피하면

자기 자신에 대해 부정적인 견해를 갖고 있는 사람들의 첫 번째 특징은 다른 이들에게 열등감을 느끼고 있다는 점이다. 그리고 열등감을 갖고 있는 사람인지 아닌지는 악수를 해보면 쉽게 알 수 있다.

자신감에 가득 찬 사람들은 상대방의 손을 잡고 힘차게 흔든다. 하지만 열등감을 갖고 있는 사람은 악수를 하면서 상대방의 눈을 똑바로 쳐다보지 않거나 다른 곳으로 눈길을 돌린다. 말하자면 자기거부-*personal rejection*를 나타내는 증거인 셈이다.

상대방의 눈을 피하는 이유는 무엇일까. 수많은 상담치료 과정을 통해, 나는 자신의 잘못과 약점을 들킬까 봐 두려워하기 때문이라는 결론을 내렸다. 물론 무관심을 가장하거나 상대방에게 애를 먹이려고. 또는 우월감을 과시하기 위해 그런 태도를 보이는 사람도 있을 것이다.

그러나 대부분의 경우, 자기 자신을 만족스럽고 괜찮은 사람이라고 생각한다면 상대방의 눈을 똑바로 보지 못할 이유가 없다. 아니, 두려울 것이 없을 것이다. 숨길 것도 없다고 본다. 분명 자기 자신의 사소한 것까지도 만족하고 있을 것이다. 악수를 나눈 상대방이 어떤 사람인지, 친하게 지낼 사람인지 아닌지, 그리고 이 만남이 흥미 있고 유쾌한 만남인지 아닌지에 대해 궁금해 하면서 기쁨과 호기심에 가득 차서 이야기를 나눌 것이다.

지나치게 자주 사과하는 사람들

열등감을 갖고 있는 사람들의 두 번째 특징은 잘못에 대해 자주 사과한다는 점이다. 그들은 사소한 실수에 대해서도 상대방에게 변명하고 용서를 구한다. 아무리 사소한 것일지라도 자신의 실수에 대해 민감하게 반응한다. 그들의 머릿속을 들여다보면, 온통 자기 행동이나 생각을 누군가가 반대할지 모른다는 걱정으로 가득 차 있다. 그래서 뭔가 말하고 행동하기도 전에 사과부터 앞세운다.

예컨대, 저녁식사에 초대해 놓고서 손님들에게 "어째 이번 고기는 보통 때보다 맛있지가 않네요" 라고 말하는 사람이 있다. 아직 식사를 시작하지도 않았고 고기를 먹어 보지도 않았는데, 지레 맛이 없을 것이라고 미리 결론을 내리는 것이다. 물론 상투적인 인사말이라고 치부할 수도 있지만, 곰곰이 생각하면 누군가가 맛이 없다고 이야기할지 모르니 미리 선수를 쳐놓자는 심리를 반영한 것이나 다름없다.

사람들 중에는 "제 말이 틀릴지도 모르지만…"이란 말을 반복해서 쓰는 사람들이 있다. 이 역시 불안감의 표현이다. 자기 의견이 다른 사람들에게 받아들여지지 않거나 틀릴지도 모른다는 것을 미리 인정함으로써 혹 있을지도 모를 상대방의 비판에 선수를 치는 것이다.

사회생활에서 실수나 잘못이 있을 경우에 용서를 구하고 사과하는 것은 당연하고 적절한 수단이다. 그러나 그것 역시 지나치면 성가시고 귀찮은 것이 된다. 또 사과는 상대방이 계속해서 반복적으로 거절할 것을 예상하고 있다는 명백한 신호로 해석될 수도 있다.

만일 당신이 상대방에게 잘못한 것이 있다면 진심으로 사과하되 간단히 하고, 다시는 그 문제를 거론하지 않는 것이 올바른 태도이다. 모든 사소한 실수에 대해 용서받기를 원한다면 사람들은 당신 곁을 떠날 것이다. 왜냐하면 그들은 겁이 많고 불안한 사람을 상대하고 있다는 것을 알아챌 것이기 때문이다.

실패에 대한 두려움

혹 당신은 다른 사람들로부터 비웃음을 살까 봐, 또는 잘 해낼 것 같지 않다는 생각에서 새로운 일의 시도를 두려워하지 않는가. 만일 그렇다면 당신은 '나는 나 자신을 싫어해요'라고 쓰여진 티셔츠를 입고 있는 것과 같다. 그만큼 자기가 못났고 열등감에 사로잡혀 있다는 것을 선전하는 셈이다.

일반적으로 실패에 대한 두려움은 낮은 자아상과 관련이 있다. 정신적으로 건강한 사람들은 실패라고 여겨지는 것도 뭔가 배울 수 있는 사소한 실수 또는 기회로 간주한다.

그들은 실수를 언짢게 여기지 않는다. 잘 해내지 못 할 수도 있다는 것을 알고 있지만, 그래도 무엇인가 시도해 볼 수 있는 좋은 기회라고 생각하여 환영한다. 실수란 성공으로 가는 초석임을 믿고 있는 것이다. 무슨 일이든 시도하지 않았다면 아무것도 알 수 없었을 것이라는 점을 실제로 깨달으면서 자신이 할 수 있는 것과 없는 것이 무엇인지를 배우는 것이다.

롤렉스시계와 열등감

열등감을 느끼는 사람들은 유명 인사를 많이 알고 있다거나 타고 다니는 차, 입는 옷 또는 갖고 있는 물건들이 유명 상표임을 자랑하는 방식으로 자신의 불안감을 표출시킨다. 예컨대, 학교나 직장에서 자기가 입고 있는 옷이나 차가 유명 브랜드임을 자랑한다면 그것은 친구들이나 동료에게 자신이 얼마만큼 열등감을 많이 갖고 있다는 것을 자랑하는 것과 똑같다.

그들은 유행하는 옷을 입지 않으면 창피를 당하는 게 당연하다고까지 여기는데, 참으로 어처구니없는 발상이다. 어떻게 유명 상표의 청바지를 입었다고 해서 다른 사람들보다 우월한 인간이 될 수 있을까. 값비싼 옷을 입었다고 해서 그 사람이 인격적으로 훌륭한 인간일까. 아니, 사회 지도층 인사나 유명 인사, 또는 대기업의 총수를 안다고 해서 다른 사람을 업신여길 수 있을까. 그런 것들은 개인의 가치와 관계가 없다. 그런데도 주위를 둘러보면 이런 방식으로 스스로를 평가하는 사람들이 무척 많다. 참으로 안타까운 노릇이다.

물론 돈을 많이 벌고, 값비싼 유명 상표의 물건들을 갖고 있고, 이름 있는 사람들과 친분이 있다는 사실만으로 자기 자신을 평가하는 경향은 어제 오늘의 일이 아니다. 아니, 수천 년 동안 이 세상을 지배하면서 우리들의 몸에 배어 왔기 때문에 하룻밤 사이에 바뀌지는 않을 것이다.

하지만 이제부터는 달리 생각하라. 최신 유행을 따르지 못한다고 해서, 명문 학교 출신이 아니라고 해서, 값비싼 리조트에서 휴가를 보내지 못했다고 해서 자신을 깎아내리지 마라.

잘산다는 것이 나쁜 것은 아니다. 그러나 그것은 오직 사치와 즐거움에 관련된 문제일 뿐, 우월감이나 열등감을 느낄 문제는 아니다. 당신이 다이아몬드 반지나 롤렉스시계, 혹은 구찌 신발을 자랑하고 싶다면 그렇게 하라.

그러나 그런 걸 가졌다고 해서 다른 사람보다 훌륭해진다고는 생각하지 마라. 그런 물건들은 당신의 삶을 좀더 여유 있고 부유한 삶으로 만들어 줄 뿐이다. 당신만큼 여유 있는 삶을 누리지 못하는 사람들보다 당신이 인간적으로 훌륭한 사람임을 드러내는 것이 아니다. 당신이 좀더 많은 부富를 성취하는 데 성공한 것일 뿐 그 이상도 그 이하도 아니다.

죄책감과 수치심

당신이 죄책감을 느낀다고 말하는 것은 당신 자신이 무엇인가 잘못했을 뿐만 아니라 잘못을 저지를 만큼 나쁜 인간임을 스스로 자인하는 것이나 다름없다. 그만큼 죄책감을 갖는 것은 자신에게 나쁜 영향을 끼친다. 그렇다면 어떻게 할 것인가. 잘못은 인정할지라도 죄책감을 갖는 태도는 바람직하지 않다.

수치심은 불안감으로 고통받고 있음을 보여주는 또 하나의 확실한 증거이다. 당신이 뭔가를 두려워한다면, 당신이 어떤 특정한 상황을 통제할 수 없는 사람, 그리고 자신감이 없는 사람이라는 점을 당신 자신에게 뿐만 아니라 모든 사람들에게 인정하는 꼴이 된다. 그렇게 되면 당신은 자기 자신이 약한 인간, 부족한 인간임을 믿게 되며, 그러한 단점을 갖고 있는 자기 자신을 비난하게 될 것이다.

두려움이 많다는 것은 그만큼 자신감이 없다는 뜻이다. 사람은 자신감에 차서 행동할 때, 자기 자신에 대해 긍정적으로 생각하고 확신을 갖게 되며 원하는 것을 얻을 수 있다. 만일 당신이 남 앞에 나서서 말하기를 두려워하거나 파티처럼 사람들이 많은 곳에 가기를 꺼린다면, 그것은 당신이 모든 이들에게 다음과 같은 말을 하는 것과 같다. 이것이야말로 두려움이 많은 사람들에게서 볼 수 있는 전형적인 예이다.

'나는 무슨 말을 해야 할지 모른다. 여러분들이 나를 좋아하지 않을까 봐 두렵다. 아니, 어쩌면 나는 나 자신을 웃음거리로 만들지도 모른다. 사람들이 내게 뭐라고 말할지 걱정이다.'

흠잡기와 헐뜯기

불안감에 사로잡혀 있는 사람들의 또 다른 특징은 다른 사람

들의 잘못을 끊임없이 찾아낸다는 점이다. 물론 언뜻 보면 그렇게 보이지 않을 수도 있다. 하지만 주의 깊게 관찰하면 자기 자신을 비하하는 대부분의 사람들은 남의 흠을 곧잘 들추어낸다. 예컨대, 자기 아들이 훌륭하지 않다고 말함으로써 아들을 계속 깎아 내리는 아버지는 대개 아들에게서 위협을 느끼기 때문에 이런 심술궂은 방식으로 행동하는 것이다.

나는 잘생긴 외모에 밝고 명랑한 성격, 그러면서 어른들의 말씀에 순종적인 자녀가 있는데도 기쁨을 얻지 못하는 부모님들을 많이 봤다. 심지어 자신의 가치에 불안함을 느껴서 성장하는 아이들이 누리는 인기에 질투를 느끼는 부모님조차 있다. 그런 부모님들은 자신이 강하게 보여지기를 희망한다. 그러면서 한 가족이 된 어린아이가 자기 파트너를 빼앗아 갈 것이라는 두려움을 갖는다. 혹은 아들딸이 결혼하여 멋지고 성공적인 사람이 됨으로써 자기들보다 더 잘 살게 될 것에 두려움을 느낀다. 그래서 의식적이든 무의식적이든 자녀의 성공을 방해하려고 한다. 애처로운 일이다. 또 그런 일이 자주 일어나는 게 안타깝다.

잘못을 지적받았을 때

다른 사람으로부터 비난받을 때 방어적이 된다는 것은 당신이 열등감을 느끼고 있음을 보여주는 또 하나의 신호이다. 물론 단점이나 결점을 지적받는다는 점에 대해 불명예스럽고 부끄러운 일이라고 여기지 않는다면 심각한 일은 아니다. 그러나 그 비난을 곧이곧대로 받아들이고, 궁극적으로 당신이 실패한 인간으로 판명될 것이라 믿는다면 상황은 달라진다.

잠시 하던 일을 멈추고 생각해 보라. 당신이 스스로에게 긍정적인 생각을 갖고 있다면 다른 사람으로부터 잘못을 지적받는 일이 고통스러울 만큼 민감한 일은 아닐 것이다. 설사, 그 지적이 사실이라 해도 두려워하지 않을 것이다.

자신감이 넘치는 사람은 그런 비판이나 비난이 어쩌면 맞을지도 모른다는 가능성마저 받아들인다. 따라서 상대방의 충고에 감사할 수밖에 없다.

비판을 다루는 가장 좋은 방법은 당신이 비판을 받았을 때 그 지적이 옳은지 아닌지를 먼저 자기 자신에게 질문해 보는 것이다. 만일 그 비판이 옳다면 화를 내서는 안 된다. 누군가가 당신으로 하여금 잘못을 깨닫도록 도와주는데 고마워해야지 언짢게 여겨서는 안 될 것이다.

결점이 없는 사람은 없다. 나는 결점이 하나도 없다고 생각하는 것은 참으로 어처구니없는 생각이다. 그러므로 자기 자신이 모르는 결점을 누군가 말해 준다는 것은 감사해야 할 일이다. 예컨대, 당신 몸에서 본인도 모르는 냄새가 난다고 할 때, 누군가 그것을 말해 준다는 게 얼마나 고마운 일인가.

설령 그렇지 않다 해도 방어적이 되거나 화낼 이유는 없을 것이다. 왜냐하면 사람들은 나름대로 자기 의견을 말할 권리가 있기 때문이다. 만일 상대방의 견해가 틀릴지라도 그는 당신의 생각에 동의하지 않아도 되는 권리를 갖고 있는 것이다. 당신 역시 그의 견해에 동의하지 않을 권리를 갖고 있다. 따라서 타인의 비판에 민감하게 반응하거나 화낼 이유는 없는 것이다.

사람에 따라서는 저속한 이름, 즉 별명이 불려지는 것을 언짢아하거나 명예가 더럽혀졌다고 여기는 이들이 있다. 이 역시 자신의 불안감을 드러내는 것이다. 사람들이 당신을 가리켜 아무리 고약한 별명으로 부른다고 해도 당신이 그 별명처럼 되는 것은 아니다. 예컨대, 누군가 당신에게 '멍청한 황소'라는 별명을 붙였다고 하자. 그렇다고 당신이 황소로 바뀌는가. 아무리 저속한 별명으로 불려진다 해도 화내지 마라.

당연한 이야기이지만, 사람은 누구나 자기 마음대로 다른 사람을 생각할 권리가 있다. 당신 역시 똑같은 권리를 갖고 있다. 만일 누군가 당신에 대해 자기 생각을 공개적으로 떠벌인다고 해도 단순한 의견 차이라고 생각하고 관대하게 넘어가라.

당신에게 저속하고 우스꽝스런 별명을 붙인다고 해서 주먹질하거나 당신 삶의 평화를 깨뜨리고 위험한 지경에 몰아넣을 필요는 없다. 그런 남성적 성향의 방어수단은 어리석은 행동이다.

침착하라. 당신은 사람들이 붙인 별명과 같은 사람일 수도 있고 아닐 수도 있다. 만일 그 별명이 똑 들어맞는다면 기쁘게 받아들이되, 그런 이미지에서 벗어나도록 노력하라. 또 전혀 아니라고 생각되면 그냥 무시하고 그 사람이 실수했다고 생각하라.

그리고 당신의 일을 계속하라. 당신은 대단히 강점이 있는 사람, 통제력이 있다는 것을 보여주는 셈이다. 그럴 때, 사람들은 당신을 안정적인 사람으로 여길 것이다.

소유욕과 질투심

소유욕과 질투심은 열등감과 불안정을 드러내는 전형적인 감정들이다. 그러나 이것이 전부는 아니다.

소유욕은 특정한 사람이 없으면 살 수 없을 뿐더러 그 사람의 끊임없는 관심이 있어야 한다는 점에서 또 다른 불안정성을 드러내는 것이다. 그리고 당신의 친구나 동료가 다른 사람에게 관심을 보임으로써 당신이 받는 불안의 정도가 곧 당신이 자기 자신에게 불안함을 느끼는 정도를 잴 수 있는 척도가 된다.

만일 당신이 다른 사람들로부터 인정받거나 관심의 대상이어야 한다는 점에 예민하게 반응하지 않는다고 하자. 그렇다면 당신에 대한 다른 사람들의 관심이 줄어든다고 해서 불안해하거나 동요하지 않을 것이다. 그만큼 당신은 안정적이고 강한 사람인 것이다. 나아가 당신이 더욱 자신을 받아들인다면 다른 사람들을 소유하려고도 하지 않을 것이다.

질투의 경우도 마찬가지다. 당신은 자기 자신에 대해 다른 사람의 애정을 받을 만큼 가치 있는 사람이라고 생각하지 않기 때문에 질투를 느끼게 되는 것이다.

예컨대, 친구나 동료가 당신이 아닌 다른 사람과 시간을 보내고 함께 즐기는 것에 질투를 느낀다면, 그것은 당신이 그 친구나 동료를 다른 사람에게 잃을까 봐 두려워하고 있음을 보여주는 것이다. 그리고 이런 식으로 질투심을 갖고 행동한다면 당신은 스스로 '열등하고 못난 인간, 달갑지 않은 인간, 대수롭지 않은 인간'임을 스스로 웅변하는 셈이다.

거절에 대한 두려움

자신을 받아들일 줄 아는 사람은 공공의 의견에 반대하는 것을 주저하지 않는다. 어느 정도 다른 사람들의 반대에 부딪힐 것을 알고 있지만, 자기 자신을 잘 받아들이고 있기에 다른 사람들이 자신을 싫어하는 것에 흔들리지 않는다. 즉, 그들은 스스로 그렇게 하겠다고 결심하지만 않는다면 거절당하는 것이 감정적으로 고통스런 일은 아니라는 점을 뚜렷하게, 그리고 분명하게 이해하고 있는 것이다.

거절을 두려워한다는 것은 본인 스스로가 그것을 고통스런 경험으로 만들고 있기 때문이다. 다시 말해서, 거절당하는 사실 자체를 본인 스스로 훌륭하지 않고 가치 없는 사람임을 입증한다고 믿고 있다. 그들은 인간으로서 존경받는 유일한 방법은 주위 사람들에게 사랑받는 것이라고 믿는다. 결국 그들은 거절을 아주 고통스런 경험으로 만들고 있는 것이다.

당신은 왜 자신의 가치를 다른 사람의 손에 맡기는가. 당신이 다른 사람들의 인정을 받고 싶다면 어느 정도 그들과 어울려야 한다. 하지만 다른 사람들과 어울리지 않았다고 해서 그들이 당신을 싫어하거나 받아들이지 않는 것은 아니다. 더욱이 당신이 '부족한 사람'이라는 것을 의미하지도 않는다. 어울리지 않는다는 사실은 그들과 맞지 않는다는 단순한 의미밖에 없다. 그리고 당신같은 부류의 사람을 좋아하는 다른 사람을 찾아보는 게 오히려 더 나을 것이라는 점을 뜻할 뿐이다.

사랑하거나 좋아하는 사람으로부터 거절당하는 일에 익숙해지기란 쉽지 않다. 매우 어렵고 제대로 대처하려면 많은 연습이 필요하다. 그러나 당신은 이 일을 해내야 한다. 그럴 때 당신은 더욱 강해질 것이다. 왜냐하면 당신은 친구들의 인정에 의지하지 않는 내적인 안정을 얻게 될 것이기 때문이다.

이렇게 형편없는 나를 칭찬하다니

자기 자신에 대해 부정적으로 생각하는 사람에게 칭찬은 그다지 효과가 없다. 그들은 자신에 대한 어떤 칭찬도 믿지 않기 때문이다. 뭔가 좋은 말을 듣더라도 믿으려 하지 않는다. 따라서 칭찬을 받아들일 수 있다는 것은 누군가 자기를 좋게 생각할 수도 있다는 가능성을 고려하고 있음을 의미한다. 만일 당신이 잘못을 저질렀거나 부모로부터 버림받았다고 하자. 그렇다면 칭찬이 거짓으로 들리는 것은 자명한 노릇이다. 다른 사람이 성취할 수 있는 것을 못했을 때도 마찬가지다.

우리는 자신에 대한 다른 사람의 진술이 그럴듯하게 들릴 때 믿는 경향이 있다. 누군가 당신을 세상에서 가장 위대한 무용수라고 한다면 당신은 자기를 놀리고 있다고 생각할 것이다. 그러나 당신이 훌륭한 무용수이기 때문에 당신을 따라 하기 쉽다고 말한다면 훨씬 그럴듯하게 들린다. 못생겼다고 믿고 있는 여자에게 정말 아름답다고 말한다면 그 칭찬은 쇠귀에 경 읽기밖에 안 될 것이다.

당신이 누군가를 칭찬하고 그가 그 칭찬에 어색해 한다고 하자. 그렇다면 그는 분명히 자기 생각과 당신의 칭찬 사이의 간격을 해소하려고 노력하고 있음이 분명하다. '나는 별 볼 일이 없는 사람인데 어떻게 다른 사람들에게 좋은 평가를 받을 수 있단 말인가?' 라고 생각될 때, 탈출할 수 있는 유일한 방법은 그들이 정말로 당신을 알게 되면 이런 말을 하지 않을 것이고, 그냥 인사치레 차원에서 한 말이라고 결론지어 버리는 것이다.

칭찬을 받은 후에 기분이 좋아지고 자존심이 강화되었다고 해도 그 효과는 오래 지속되지 않는다. 당신 스스로 괜찮은 사람이라고 느끼지 않는 한, 다른 사람이 어떤 말을 하든 당신에게 지속적인 변화를 야기시키지 못한다. 따라서 중요한 것은 당신에 대한 스스로의 믿음이지 다른 사람의 믿음이 아니다.

신은 모든 잘못을 용서하며 모든 이를 사랑한다거나, 부모님이 당신을 사랑하고 당신 자녀들이 당신을 사랑한다는 점을 믿느냐 안 믿느냐가 중요하지는 않다. 당신이 스스로를 수용할 만한 사람이라고 느끼지 않으면, 그리고 진실 되게 부끄러워하거나 당황하지 않고 자신에 대한 칭찬을 그대로 받아들이지 못하는 한 그 어떤 것도 의미가 없다.

이상한 행동에 대한 관대함

믿을 수 없을 만큼 거칠고 사나운 행동에 대해 관대한 사람들이 있다. 모욕이나 비판, 육체적 학대를 견디는 사람들은 분명 자기 자신을 매우 나쁘게 생각하는 사람들이다.

물론 그렇지 않은 경우도 있다. 예컨대, 남편의 경제적인 도움이 필요하기 때문에 불행한 상태의 결혼생활을 어쩔 수 없이 유지해 가는 여자들이 있다. 나는 막내자식을 출가시키고 난 뒤 자신의 불행한 결혼생활을 끝내려는 각오로 남편의 정신적, 육체적 폭력을 오랜 세월 견디고 있는 여성들을 알고 있다.

그러나 이런 예외적인 경우는 접어두고라도 불안정한 사람들이 휘두르는 횡포에 굴복하여 정신적, 육체적 고문을 힘겹게 참아내고 있는 사람들이 많다. 이들 역시 분명히 불안정한 사람들이다. 이들은 고통받고 싶어하는 강한 욕구를 갖고 있으며 일상생활에서 자신들이 얼마나 가치 없는 인간인가를 증명할 수단으로 폭력적인 배우자를 이용하고 있는 것이다. 그런 행동이 계속될수록 그들은 더욱 더 자신을 증오하게 되고 점점 더 불안정한 상대의 폭력을 참아내게 된다.

지는 것이 무서워 경기에 못 나가랴

일반적으로 경기에서는 승자와 패자가 갈리게 마련이다. 그게 경기의 본질이다. 그러므로 당신이 잘 해내지 못할 것에 대한 두려움으로 경기에 참가하지 않는다면 그것 역시 열등감을 드러내는 결과가 된다. 경기에서 패하는 것이 두려워서 참가하지 않

는다면 한 인간으로서의 모든 가치가 위기에 처해 있다고 봐야 할 것이다.

당신은 다른 사람들을 위해 일하는 것을 즐기는가. 또 다른 사람으로부터 평가받아야 하는 위험을 감내할 수 있는가. 만일 그렇지 못하다면 당신은 일이 잘못될 경우에 자기 자신을 보호하기 힘들다. 그렇게 하기에는 자기수용의 정도가 지나치게 낮기 때문이다.

자신을 남에게 소개하는 것을 부끄러워하는 사람들이 있다. 거절당하면 어쩌나 걱정부터 앞세우기 때문이다. 이런 사람들은 많은 사람들 앞에 나서서 공개적으로 말하기를 꺼려한다. 심지어 모임에서 자기 의견을 말하려고 손을 들거나 자리에서 일어서려고 하지 않는다.

그런가 하면, 어떤 방법으로든 다른 사람과 비교되는 일을 하지 않으려는 사람도 있다. 예컨대, 여럿이 모여 체스 게임을 하거나 파티 참석을 아주 꺼리는 사람이 있다. 이런 사람들은 지금 자기가 입고 있는 옷이 주위 사람들과 비슷한지, 또 자신이 말하려는 주제에 대해 많이 알고 있는지 어떤지를 걱정한다. 잘 몰라서 웃음거리가 되는 것은 아닐까 두려운 것이다.

주위를 둘러보면, 남들에게 좋지 않은 인상을 줄지도 모른다는 두려움에 차 있는 사람들이 의외로 많다. 전 세계의 수백만 명이 단지 경쟁에서 두각을 나타낼 수 없을 것이라는 생각 때문에 즐겁고 흥미로운 경험을 얻을 기회를 거부하고 있다.

　이런 사람들의 공통점은 삶을 너무 심각하게 받아들인다는 점이다. 그러므로 이제부터라도 자기가 하는 행동 하나하나가 자기 자신을 반영한다는 생각을 버리자. 지금 하고 있는 일을 즐기되, 마음을 편안하게, 그리고 느긋해지는 방법을 터득할 필요가 있다.

　인생에서 최고가 되어야 한다거나 가장 아름답고 훌륭한 사람이어야 한다는 생각을 하지 않으면서 경기에 나설 수 있어야 한다. 항상 최고가 되려는 강박관념은 당신을 지독하게 따분한 사람으로 만든다. 정말 재미없는 일이다. 다른 사람과의 경쟁에서 2등이나 3등 혹은 꼴찌가 된다는 점을 참을 수 없다면, 그것이야말로 당신이 얼마나 열등감이 많은 인간인가를 세상에 알리는 것이나 다름없다. 자신이 늘 1등이어야 한다고 생각하는 것 자체가 이미 패배자의 운명을 갖고 있는 것이다.

　불안정한 감정이 열등감의 표현은 아니다. 그것은 때때로 우월감 때문에 나타날 수도 있고 습관적인 신경질 때문일 수도 있다. 열등감 때문에 화가 날 수도 있지만 그렇지 않을 수도 있다. 실제로 자기가 다른 사람보다 너무 월등히 뛰어났다고 생각하기 때문에 신경질적인 사람이 되는 경우도 적지 않다.

　거듭 말하지만, 자기 자신이 다른 사람에 비해 초라하다고 느끼기 때문에 우울증에 걸린 사람들 중에서 신경질적인 사람이 되는 것은 열등감 때문만이 아니다. 다른 사람에게 지나치게 마음을 쓰거나 자기 자신이 세계의 미래를 책임져야 한다고 생각하기 때문에 생길 수도 있다. 이런 것들은 열등감과 아무런 관계가 없다.

이제 우리는 열등감이나 죄책감을 느끼지 않으려면 어떻게 해야 되는가에 대해 살펴보기로 하자. 만일 당신이 이 책을 읽으면서 당신 자신의 문제를 해결하기 어렵다면 감정 컨트롤에 관한 다른 책을 읽기를 바란다.

지금까지 나는 불안정한 감정과 열등감의 신호에 대해 매우 완벽한 분석을 제시했다. 여러분이 이 책을 읽으면서 자기와 비슷한 점을 발견했다고 해서 놀랄 필요는 없다. 우리는 인간이고 어떤 사람이든 몇 가지의 결점은 있게 마련이다. 혹 당신 자신을 그대로 옮겨서 설명한 것이 아닐까 여겨지는 대목도 있을 것이다. 그렇다면 다시 한번 이 책을 주의 깊게 읽어라. 어떻게 대처할 것인지를 알게 될 것이다.

다시 강조한다. 열등감을 없애는 일을 당신의 삶에서 최우선 순위에 두도록 하라. 물론 쉬운 일은 아니다. 하지만 성취할 때까지 멈추지 말고 계속 노력하라. 마음의 평화와 행복을 쟁취하는 그 날까지.

Overcoming the Rating Game

B e y o n d   S e l f - L o v e   B e y o n d   S e l f - E s t e e m

두 번째 이야기

열등감과 죄책감은 얼마나 해로운가

심리적 불안을 느끼는 이유

문제의 본질을 요약해 보자. 사람들이 심리적인 불안을 느끼게 되는 데는 두 가지 이유가 있다. 하나는 상황을 과장되게 받아들인다는 점에 있고, 다른 하나는 자신을 낮게 평가한다는 점에 있다. 이 두 가지는 동시에 발생하기도 하고 완전 분리되어 일어나는 경우도 있다.

어느 젊은이가 밤중에 차를 몰고 귀가하는 도중에 기름이 떨어져서 집까지 10킬로미터를 걸어야 하는 상황에 빠졌다고 하자. 그는 한밤중에 10킬로미터를 걷는 일이 끔찍할 뿐더러 어쩌면 위험하다고 생각하여 불안해한다. 하지만 불안감을 느낀다고 해서 그가 자신을 낮게 평가하는 것은 아니다. 열등감이란 자기가 심각한 위험에 처하게 될지 어떨지에 대해 궁금해 하기 때문에 생기는 결과가 아니다.

이번에는 공연을 앞둔 한 남자 연극배우를 보자. 그는 공연을 잘 해낼지 어떨지에 대해 몹시 걱정하고 있다. 아직 시작하지도 않은 일을 두고서 스스로를 괴롭힌다.

'이번 공연을 제대로 끝내지 못하면 해고될 텐데… 그렇게 되면 얼마나 끔찍할까. 난 정말 실력 없는 배우로 낙인찍히고 말 거야. 그리고 보면 난 정말 아무것도 할 줄 아는 게 없고 되는 일

도 없어. 이대로 가다간 실패자, 낙오자가 되고 말거야.'

여러분은 이 사람이 공연을 잘 해내지 못할지도 모른다는 걱정 때문에 자기 자신을 얼마나 괴롭히고 있는지를 알 것이다. 바로 이런 경우에는 열등감과 불안감이 함께 존재한다.

일부분을 전체인양 확대해석하는 경향은 감정상의 동요를 일으킬 때 흔히 나타난다. 또 자기가 한 일이 별 볼 일 없다고 하여 스스로를 부인하는 것, 즉 단순히 일에 있어서 실패한 것인데도 자기 자신을 부정적으로 인식하는 것 또한 매우 흔하다. 많은 사람들이 이 두 가지 종류의 실수를 저지르고 있다.

자신이 별 볼 일 없다거나 열등하다고 생각하는 경향은 이성적인 판단 능력이 부족한 청년기에 가장 빈번하게 나타난다. 그러나 나이가 들수록 뭔가 잘못했을 때도 자신에 대해 그다지 나쁘지 않게 생각하는 것 역시 쉬워진다. 하지만 대부분의 사람들은 좌절했을 때 자신을 파멸로 몰아넣거나 자신을 억누른다. 정말 문제는 헤아릴 수 없이 많다. 하지만 그것이 현실이다.

열등감은 저절로 사라지지 않는다

열등감을 갖는다는 것은 정말 심각한 일이다. 그것은 당신이 하는 모든 일에 영향을 미친다. 자신을 있는 그대로 받아들이고 자기가 한 일에 대해서만 비판한 뒤에 문제를 해결한다면 일이 훨씬 쉽게 풀린다. 반면에 열등감으로 자신을 참을 수 없는 상황으로까지 계속해서 끌고 간다면 당신의 삶에서는 수많은 문제가 꼬이기 시작할 것이다.

뭔가를 잘못했다는 이유로 왜 자신을 미워하는가. 그럴수록 대개 다른 일도 잘못하게 된다. 자신에 대한 신뢰를 잃어버리면 실수는 반복되고, 실수 때문에 자신을 더 미워하게 된다. 그리고 이러한 순환과정은 거듭되고 실수에 대해 점점 더 자기 자신을 엄격하게 처벌하려 한다. 마침내 주눅이 든 당신은 이제 아무 일도 제대로 하지 못하고 열등감 안에 갇히고 만다.

열등감은 저절로 사라지지 않는다. 그냥 내버려두면 죽을 때까지 당신 옆을 따라다닐 것이다. 어느 날, 당신 외모가 마음에 들었다고 해서 문제가 끝나지 않는다. 바로 그 다음 날 자신보다 더 매력적인 사람이 눈앞에 나타나면 열등감은 다시 고개를 들기 시작한다.

당신이 스스로를 가치 없다고 인식한다면 자기 생각을 자신 있게 말하지 못할 것이다. 괜찮은 친구들과 사귈 자격이 없다고 생각하기 때문에 오히려 당신에게 걸맞지 않은 친구들과 교제할지도 모른다. 그것보다 더 심각한 일은 자신에게 어울리는 사람을 만날 자신이 없기 때문에 적당하지 않은 사람과 결혼할 수도 있다는 점이다.

열등감이 있는 사람은 열등감이 있는 사람끼리 어울린다. 그리고 부정적인 자기평가는 극단적인 파급효과를 가져온다. 예를 들어, 임금 인상을 요구할까 말까, 어떤 직업을 선택할까, 명령을 내릴까 아니면 받을까, 혹은 극장 매표소 앞에 늘어선 줄에 누군가 새치기하는 것을 그대로 둘까 따질까, 다른 사람들에게 인기가 있을까 없을까 등 모든 것을 결정하는 것은 자기평가를 어떻게 하느냐에 달려 있다.

당신이 인생에서 만나는 모든 사람들을 어떻게 다룰지, 그리고 인생에서 맞닥뜨리는 행운과 불행에 어떻게 대응할지를 결정하는 것도 자기평가에 달려 있다. 스스로를 평가하지 않는 사람들은 칭찬을 받더라도 당황하지 않고 기쁘게 받아들인다. 하지만 자신을 부정적으로 평가하는 사람들은 칭찬을 받을 때 항상 불편함을 느낀다. 스스로 칭찬받을 만한 만한 가치가 없다고 느끼기 때문이다. 그래서 자기가 지적이고 창의적인 사람으로 보이도록 남을 속인 것이 아닌가 의심한다.

실제로 똑똑하다거나 재능 있다는 말을 들었을 때, 자신을 사기꾼으로 간주하고 다른 사람의 눈을 속이고 있다고 생각하는 사람들이 많다. 이런 사람들 중에는 많은 저서를 펴낸 사람도 있고, 대학에서 높은 지위를 갖고 있는 사람도 있다. 돈을 많이 벌 때까지 현명하게 증권투자를 한 사람도 있을 것이다. 그러나 그들은 다른 사람들로부터 성취한 것에 대한 칭찬을 들으면 그런 말을 들을 자격이 없다고 생각한다. 오히려 자기가 그런 말을 하는 사람들을 속이고 있고, 그들이 자기를 낱낱이 알게 되면 실제로는 얼마나 형편없고 열등한 사람인지를 알아차리게 될 것이라고 생각한다. 그것도 진심으로 말이다.

주위를 둘러보라. 대단히 힘들고 어려운 분야에서 뛰어난 성취를 이루어 낸 사람들 중에는 자신의 업적을 타고난 재능이나 능력 때문이 아니라 단지 운이 좋아서 이루었다고 생각하는 사람들이 의외로 많다. 이 상태를 사기꾼 콤플렉스 *imposto Complex* 라고 한다.

요컨대, 스스로 훌륭한 사람이라고 믿으면 실제로도 그런 좋은 일이 일어날 것이고, 그 반대라면 결과 역시 반대일 것이다. 즉, 스스로를 수용할 만한 사람이 아니라고 생각한다면 역시 수용할 수 없는 일들이 일어나도록 만들고 있는 것이다.

한마디로 당신의 자기평가는 안개 낀 밤에 당신을 인도하는 나침반과 같다. 만일 당신 자신이 누구인지 알지 못하고 당신 자신에 대해 어떻게 생각하는지를 알지 못하면, 바로 그 무지함 때문에 당신이 앞으로 겪게 될 상호작용은 부정적인 영향을 받을 것이다. 당신이 자기 자신을 평가하지 않는다면 당신의 삶은 좋은 방향으로 진행될 것이고, 평가를 한다면 당신의 삶은 정반대의 방향으로 나아가게 될 것이다.

자기평가와 열등감이 우리 인생에 미치는 나쁜 영향은 더 이상 말할 필요조차 없다. 더욱이 이런 문제는 너무나 자주 우리를 괴롭힐 뿐더러 본인만이 아니라 주위 사람들까지도 힘들게 한다. 정말 어떤 일이 있어도 극복해야 할 과제가 아닐 수 없다.

긍정적으로 자신을 받아들여라

내가 이제까지 만났던 사람들 중에서 자신을 가장 혐오하는 사람들은 종교를 열심히 믿는 사람들이었다. 나로서는 정말 큰 충격을 받았다. 진정으로 종교의 가르침을 따른다면 자신을 가치 없다거나 나쁘다고 느끼지 않을 것으로 믿어왔기 때문이다.

오늘날 주요 종교의 열성 신자들에게 자신을 혐오하는 감정이 존재하는 이유는 무엇일까. 아마도 실제로 교회에서 가르치는 것과, 신자들이 교회에서 가르친다고 믿고 있는 것 사이에 거대한 모순이 있기 때문이리라.

열등감 콤플렉스의 문제점은 종교적 문제일 뿐아니라 심리적인 문제이기도 하다. 나는 심리학자로서 사람들이 어떻게 자신에 대한 평가를 발전시키는지에 대해 알고 있다.

이제부터 훌륭하고 도덕적인 사람들이 자기 자신에게 심리적인 폭력을 어떻게 가하고 있는지, 그리고 왜 이것을 막아야 하며, 어떻게 막을 수 있는지에 대해 구체적으로 살펴보자. 먼저 성경의 시편 118장 24절을 다시 한 번 떠올리자.

'이날은 야훼께서 내신 날, 다 함께 기뻐하며 즐거워하자.'

기뻐하고 즐거워하려면 어떻게 해야 할까. 당신 스스로를 긍정적으로 받아들이고, 있는 그대로 수용하면 된다.

최악의 시나리오

부끄러움, 열등감, 부당한 죄책감, 칭찬을 수용하지 못하는 것, 그리고 질투와 같은 신호들이 부정적이라는 것은 우리 모두 잘 알고 있다. 하지만 이러한 심리상태가 오랜 세월 지속되면 자존감이 심각한 심리적 결과를 초래할 때까지 계속 파괴된다는 점에 대해서는 대부분의 사람들이 간과하고 있다. 이제부터 이 문제를 집중적으로 이야기해 보자.

먼저 이러한 상태가 때때로 열등감을 초래하기도 하지만, 열등감의 산물이 되기도 한다는 점을 알 필요가 있다. 그 어느 쪽이든, 당신이 삶을 즐기고 싶다면 분명히 부정적인 자기평가를 피하기 위해 무엇인가 해야 한다. 그리고 당신의 삶이 불행해지거나 그런 문제와 씨름하고 싶지 않다면 불안감이나 불안정, 대인관계에서의 어려움 등 정신병적인 상태로까지 발전시키지 말아야 한다.

의존적 성격을 가진 사람들

먼저 의존적 성격장애에 대해 살펴보자. 이 장애는 다음에 설명할 회피성 성격장애, 편집증적 성격장애, 정신분열성 성격장애, 정신분열형 성격장애만큼 심각하지는 않지만 자신을 부정적으로 평가하는 사람들에게 필연적으로 나타난다. 그리고 무시할 수 없을 만큼 사람들의 삶을 파괴한다.

의존적 성격장애를 지닌 사람들은 자신의 능력을 믿지 못하기 때문에 업무에 대한 자신감을 발전시키지 못할 뿐더러 다른 사람의 존경을 받지도 못한다. 무엇보다도 자기 인생을 스스로 책임지려고 하지 않고 다른 사람의 능력과 권력에 기댐으로써 삶을 헤쳐 나가려고 한다.

자신의 결정이 옳다는 확신이 없으면 의사 결정을 하지도 못한다. 그리고 예견된 공포에서 벗어나기 위해 다른 사람들로 하여금 대신 결정하도록 만든다. 결국 의존적인 사람은 점점 약해지는데 반해, 그들이 의지하는 사람들은 반대로 강해지고 의사 결정에 능숙해진다.

자기 자신에 대한 확신이 없는 사람은 다른 사람과 논쟁할 때, 상대방의 견해가 틀렸다고 생각할지라도 틀렸음을 지적하지 못하고 상대방의 주장에 동의하는 경향이 높다. 누구든지 자기 견해와 다른 주장에 동의하기를 거부할 수 있지만 의존적인 사람

들은 그것을 상상조차 할 수 없는 행위라고 여긴다. 이처럼 자신이 옳다고 여기지도 않는 일에 동의하는 경향이 강하다 보니, 어떤 문제이든 선택권이 없어지게 된다.

의존적인 사람들은 어떤 행동이든 먼저 시작하지 않고 다른 사람들이 할 때까지 기다린다. 예컨대, 무엇을 먹을지, 어느 극장에 갈지, 어디서 휴가를 보낼지, 어떤 색깔로 방을 칠할지 등에 관해 자기 생각을 밝히지 않는다. 다른 사람에게 결정을 맡기는 게 훨씬 편하다고 생각한다. 나중에 실수한 것에 대한 비난을 피할 수 있기 때문이다.

이런 사람들은 여러 면에서 손해를 보기 쉽다. 왜냐하면 주위 사람들은 자기들이 이익을 취할 수 있는 선까지만 호의를 베푸는 게 대부분이기 때문이다.

내가 상담한 어느 고객의 경험을 이야기해 보자. 어느 날, 그의 차가 돌연 고장이 났다. 이 소식을 들은 사촌이 고치는 것을 도와주러 오겠다고 약속했다. 하지만 사촌은 약속시간에 나타나지 않았다. 다음 날, 사촌은 어제의 일에 대해 미안하다면서 이번에는 꼭 가겠다고 다시 약속시간을 잡았다. 그러나 이번에도 마찬가지였다. 사촌이 찾아와서 차를 고치는 일을 도와준 것은 그런 일이 몇 번 되풀이 된 뒤였다.

의존적인 사람들은 혼자 남겨지는 것을 두려워하기 때문에 다른 사람들의 인정이 절대적으로 필요하다. 어느 정도의 인정이 필요할까. 그것은 혼자 남겨졌을 때 느끼는 두려움의 정도에 달려 있다. 따라서 이런 사람들은 타인과의 관계가 끊어졌을 때가 대단히 위험하다. 의존적이지 않은 사람에게서 나타나는 것보다 훨씬 파괴적이다. 다른 사람들을 필요로 하는 정도가 강하면 강할수록 도움을 받지 못했을 때의 상처는 더욱 강해진다.

단순히 대인관계가 끊어지고 친구나 동료를 잃는 정도가 아니다. 말 그대로 버려질 것에 대한 공포를 갖고 있다는 데에 문제의 심각성이 있다. 그리하여 혼자 살 수 있는 능력이 충분한데도 거친 행동에 대해 참을성 없는 사람들과 극단적으로 함께 지내는 경우가 많다. 자기 자신이 되기보다 차라리 혹독함을 택하기 때문이다.

의존적인 사람들은 비판받는 것도 두려워한다. 그들은 자신에게 가해진 비난들이 진실인지 아닌지를 물어볼 능력조차 없다. 하지만 내가 『좌절과 분노의 극복』이란 책에서 지적했듯이, 비난은 두려워할 필요가 없다. 자신에게 그 비난들이 옳은지 틀린지를 물어봐서 그 비난이 사실이라면 동의하고 잘못을 지적해준 사람에게 고마워하면 된다. 사실이 아니라면 무시해 버려라.

끝으로 의존적인 사람들은 감상적인 특징을 갖는다. 지적이고 매력적이며 기술이 뛰어난 사람인데도 자기 능력을 불신하고 자기보다 훨씬 못한 사람들에게 기대는 모습을 보노라면 나는 그저 안타깝고 놀랄 뿐이다.

회피성 성격을 가진 사람들

회피성 성격을 가진 사람들은 거절이나 비판에 매우 민감하다. 그들은 친구가 별로 없고 사람들과 어울리기보다는 외톨이로 지내는 게 일반적이다. 사람들을 많이 만나는 직업을 갖지 않으려고 한다. 일은 능숙하게 하더라도 사람들과 만나는 것이 두려워서 승진까지 포기하는 경우가 많다.

이러한 사회공포증의 피해는 엄청나게 크다. 남의 비웃음을 사는 것에 대한 공포, 멍청한 질문을 던질지 모른다는 공포 때문에 대화하는 것조차 꺼려한다.

"내 성격은 매우 밝은 편이다. 고등교육을 받았다. 하지만 내가 무슨 말을 하는지 다른 사람들이 모를까 봐 남에게 말을 건네는 것이 싫다"라고 말하는 사람들이 종종 있다. 그들은 아주 사소한 자신의 행동까지도 끊임없이 평가한다. 그리고 그것이 완벽하지 않다고 생각되는 순간, 당황하고 굴욕감을 느끼는 동시에 자기 명예가 더럽혀졌다거나 사회적 지위가 떨어졌다고 믿는다. 사람들 앞에서 분노하고 얼굴을 붉혔다면 자신의 열등감을 세상에 드러냈다고 생각하고는 무척 고통스러워한다.

그들은 언제나 자신의 행동을 광범위하게 합리화한다. 예컨대, 왜 파티에 참석하지 않았는지, 왜 비즈니스를 시작하지 못했는지, 왜 고용주에게 임금 인상을 요구할 수 없는지, 왜 일 때문에 누군가에게 전화를 못했는지 등에 관해 끊임없이 이유를 댄다. 그들에게 삶은 너무도 위험천만하다고 생각한다. 따라서 이 두려움에서 벗어나는 방법은 세상에서의 도피뿐이라고 확신하는 것이다.

이러한 성격을 가진 사람들이 자기 성격을 고집하면서 다른 사람들과 어울리는 것을 계속 피한다면 단순히 세상에 대한 두려움을 갖고 있는 데 머무르지 않는다. 그 생활을 오래 하다 보면, 자신의 공허한 삶에 회의를 느끼게 되고 우울증에 빠지게 된다. 사회적 접촉뿐만 아니라 실패에 대한 두려움, 굴욕, 상처를 생각하면서 분노를 느낀다. 무엇보다도 목표를 성취하지 못한 것에 대해 자기 자신에게 분노한다. 친구나 동료들은 삶을 즐기면서 생활하는데, 왜 자기만 이렇게 고통을 겪고 있는가 하고 괴로워한다. 그리고 그 고통은 전적으로 자기 탓이라고 여긴다. 때문에 뭔가 해보려고 시도하지도 않는다. 그저 지켜보며 괴로워할 뿐이다.

이 슬픈 운명에서 벗어나고 싶은가. 그렇다면 자기평가에 변화를 주라. 회피성 성격이 발전하면 우울증과 불안, 분노가 더욱 심해진다. 게다가 그들은 왜 자기가 절망에 빠지게 되는지, 왜 스스로를 불행에 빠뜨리는지, 자신의 문제에 대해 정확하게 파악하고 있을 만큼 민감하다. 그러나 알고 있는 것만으로는 안 된다. 회피성 성격은 심한 공포증으로 발전되기 때문이다.

여기 자신을 좋아하지 않는 사람들이 있다. 그들은 남에게 뭔가 얘기하더라도 거절당할 것부터 예상하고 걱정한다. 그러다 보니 습관적으로 사람들을 피하게 된다. 결국 그들에게는 의존성 성격장애, 편집증적 성격장애, 정신분열성 성격장애, 정신분열형 성격장애 등 온갖 무익한 것들이 뒤따른다. 고통에 또 다른 고통스런 감정들이 따라와 붙는 것이다.

어떻게 해야만 이런 고통에서 벗어날 수 있을까. 약물 치료도 효과는 있다. 하지만 전문가와의 상담을 통해 열등감을 줄이는 것이 보다 급선무이다.

의심 많은 편집증적 사람들

편집증적 성격장애자란 다른 사람에게 이용당할지도 모른다고 생각하여 동료나 친구, 가까운 사람들을 불신하고, 순수한 뜻으로 한 말조차 숨겨진 메시지가 있다고 여겨 그 의미를 읽어내려고 끊임없이 애쓰는 사람들을 가리킨다. 뿐만 아니라 조금이라도 모욕이나 상처를 받으면 몇 달 혹은 몇 년 동안 원한을 품고 용서하지 않는다. 애초부터 다른 사람들과 속을 터놓고 이야기하는 것을 꺼려한다. 그러다 보니, 자연히 삶을 아름답게 만들어 주는 사교나 우정으로부터 늘 소외되어 있다.

한마디로 그들은 너무나 민감하다. 아주 쉽게 감정에 상처를 받고 순수한 의도를 가진 아주 사소한 말에도 모욕을 느낀다. 그럴 때마다 분노하고 상대방에게 모욕을 주거나 빈정거림으로 대응한다. 또 질투심이 강하고 아내나 남편, 때로는 사귀는 사람을 믿을 수 없다고 하여 의심한다. 때문에 사랑하는 관계가 나빠지고 때로는 완전히 파괴되기까지 한다.

이런 사람들은 먼저 문제의 핵심이 어디서 비롯되는가를 생각할 필요가 있다. 다른 사람이 아닌 바로 자기 자신의 깊은 열등감과 자기부정, 자기비하에서 발생한다는 점을 이해해야 한다. 때문에 신경질적으로 완벽주의자가 되려는 것부터 고쳐야 한다. 자신의 기술을 개발하고 다른 사람들의 존경을 얻어야만 치료될 수 있다. 그러나 그들은 실제로 적대적이고 의심이 많고 과민하며 또 모든 것을 숨기려 하기 때문에 '자기수용'이란 건강한 감정을 발전시키기가 불가능하다.

부정적인 자기평가는 당신을 소리 없이 공격하는 것이나 다름없다. 만일 당신이 오랜 동안 부정적인 자기평가를 내리면서 살아 왔다면 당신은 만나는 모든 사람들로부터 거절당할 것을 항상 염려하고 있을 것이다. 자기 자신을 받아들이지 않기 때문에 타인이 당신을 받아들일 수 있다는 것을 믿지 못하는 것이다. 잘못이란 것을 알고는 있지만 내적으로 늘 그런 입장을 취한다.

부정적 자기평가가 확고하게 뿌리내리게 되면 다른 사람들이 당신을 괜찮은 사람이라고 생각하는 것, 사랑하고 언제나 아낀다는 것을 믿기조차 힘들다. 그래서 항상 다른 사람에게 열등감을 느끼게 되고, 그 불안정은 사랑하는 사람을 잃을 것에 대한 공포와 질투 어린 분노로 터져 나온다.

그렇다면 왜 당신은 이 사실을 믿지 않는가. 지금까지 한 것만으로도 자신을 우울하게 만드는 노력은 충분하지 않을까.

정신분열성 성격을 가진 사람들

열등감이 편집증적 성격장애를 유도하지는 않는다. 하지만 정신분열성 성격장애는 곧잘 유발시킨다. 정신분열성 성격장애를 가진 사람들은 사회적 관계에 냉담하고 감정 표현이 매우 서툴다. 그들은 사람들을 사귀는데 불편함을 느끼기 때문에 친구나 동료, 심지어 가족들과 친해지는 것도 피한다. 전체적으로 외롭고 내성적인 경향을 보인다. 이들을 가리켜 우리는 '고독한 사람'이라고 부른다.

사회적 관계에서 스스로를 격리시킨다는 것은 자신의 감정에서도 격리되고 있다는 뜻이다. 따라서 강한 감정을 나타내는 일에 어려움을 느끼게 된다. 그들은 그 어떤 것에 대해서도 그다지 큰 의미를 부여하지 않기 때문에 감정에서도 분명하지 않은 면을 보여준다. 크게 절망하지도 않을 뿐더러 아주 기뻐하지도 않는다. 감정적인 면으로 보면 마치 로봇과 같다.

성생활 역시 감정적인 삶만큼이나 단조롭다. 감정적인 친밀함을 별로 원하지 않기 때문에 육체적인 친밀함 또한 원하지 않는 것이다. 반면에 자신과 다른 사람에게 갖는 불신과 증오의 정도는 생각 이상으로 크다. 친밀한 관계를 거부하는 이유는 바로 자기 자신을 바람직하지 못하다고 굳게 믿고 있기 때문이다.

그들은 상처받을지도 모를 일에 대해 지나치게 자기방어를 앞세우기 때문에 다른 사람들의 정상적인 비판이나 칭찬을 있는 그대로 받아들이지 못한다. 그야말로 벽 뒤에 숨어 지냄으로써 되도록이면 상처를 피하려 한다. 친구나 동료, 비밀스런 대화를 나눌 사람이 거의 없다. 있어봤자 한두 명에 불과하다.

일반적으로 정신분열성 성격장애자들은 너무 냉정하고 자신만의 외로운 세계에 갇혀 살며, 정상적인 인간관계를 차단하는 사람들로 알려져 있다. 보이지 않는 벽 속에 갇혀 살면서 다른 사람들에게 반응할 필요를 느끼지 못하는 사람들로 여겨진다.

이들은 사회적 갈등으로 진행되지 않을 만큼 움츠러들어 있기 때문에 공격성 또한 보이지 않는다. 오히려 멍한 사람처럼 보이고 공상에 잠긴 사람과 같다. 뚜렷한 목적의식도 없고 이성과의 만남에도 어려움을 느낀다. 그래서 남자들은 거의 결혼하지 않는다. 여성들은 남성들의 접근이 비교적 쉽고 수동적이나마 데이트를 받아들여 결혼하기도 한다.

　정신분열성 성격장애자들은 대인관계가 별로 필요하지 않은 직장에서 일하는 경우가 많다. 다른 사람들과의 접촉을 꺼려하기 때문이다. 그러다가 직장에서 해고당하면 조용하고 다소 공허한 삶을 살 만한 도시의 우범지대에서 사는 경향이 있다.

　나는 5년 동안 정신병원의 수석 심리학자로 일하면서 무척 많은 정신분열성 성격장애자들을 상담해 왔다. 그들 모두 예외 없이 자신을 받아들이지 못하고 있었고, 때때로 그 심각함이 섬뜩함을 느낄 정도였다. 그들 가운데 상당수는 혹독한 자기평가로 인해 외로움을 느꼈음이 분명하다. 물론 그 반대의 경우도 있을 수 있을 것이다.

　정신분열성 성격장애를 가진 사람들이 육체적 문제가 있거나 유전적인 결함까지 갖고 있다면 상황은 정말 최악이다. 성공이나 기쁨을 누리지 못하는 무능력함과 슬픈 생활방식은 분명 자기가치를 극도로 낮추도록 유도할 것이기 때문이다. 그 어느 쪽이든 삶을 즐겁게 만들 모든 기회를 놓쳐버리는 것은 분명하다.

정신분열형 성격장애를 가진 사람들

정신분열형 성격장애는 정신분열성 성격장애보다 훨씬 더 심

각한 사람들이다. 정신분열증까지 나타나는 것은 아니지만, 분명히 그쪽으로 진행되고 있다.

　정신분열형 성격장애를 보이는 사람들은 말과 생각, 행동을 포함한 모든 면에서 이상한 성향을 드러낸다. 그들은 모든 사건을 마법이라는 관점으로 설명하려 한다. 예컨대, '집의 열쇠를 찾으려고 애쓰거나 성가시게 굴지 마라. 우리가 도착하면 문은 저절로 열리게 되어 있다'는 식이다.

　그들은 '참조*reference*'에 대한 개념에 사로잡혀 있다. 여기서 참조란 '준거'라고도 하는데, 주어진 순간에 개인의식에 영향을 미칠 수 있는 모든 경험의 테두리를 말한다. 쉽게 말하면, 주관적인 개인의 세계라고 할 수 있다. 예컨대, '왜 저기에 있는 사람들은 나를 도둑이라고 부르지?' 라고 하여 실제 상황과 동떨어진 생각을 하고 그 생각을 그대로 믿는 것이다.

그들은 또한 편집증적인 망상을 갖고 있다. 예를 들면 '모든 사람들이 나를 미워하고 음식에 독을 넣으려 한다'고 생각한다. 이런 환상 때문에 그들은 자주 고통받는데, 자기 자신이 인식한 것을 다른 사람들에게 설명할 때 흔히 저지른다. 예컨대, 한 친구가 다가와 '안녕, 커크' 라고 인사를 하면 정신분열형 성격장애자들은 이 말을 '안녕, 얼간이' 라고 알아듣는 것이다. 자기 이름을 불렀는데도 자기를 놀렸다고 착각하는 것이다.

정신분열형 성격장애를 가진 사람들에게 가장 심각하게 자주 나타나는 신호는 비개인화이다. 이것은 어떤 주체가 다른 사람으로 변한 것은 아닌지 의문을 갖는 것을 의미한다. 이전에 겪었던 모든 감정들이 지금은 낯설고 비현실적인 것으로 느끼는 것이다. 보통 사람들의 눈에는 그들이 꿈속이나 몽환적 상태에서 헤매고 있는 것으로 보인다.

그들은 엉뚱하게 말하고 다분히 부적절한 표현을 사용하는 경향이 많다. 또 자기 생각을 혼란스런 방식으로 표현하여 보통 사람들이 얼른 이해하기 어렵다. 때문에 그들은 종종 기이한 사람으로 인식된다. 실제로 그들 중 많은 사람들이 종교적 숭배자를 가장한 괴팍한 사람들이다.

이들은 평소보다 심한 스트레스를 받기만 하면 일시적으로 정신병적인 수준으로 반응하고 뚜렷한 정신분열증 증상을 보인다. 따라서 일반인들보다 정신분열형 성격장애를 가진 사람들이 정신분열 증세를 보이는 비율이 높다는 연구 보고도 있다.

이 책을 읽는 여러분 자신에게 이러한 증상들이 적용되는지 알고 싶다면 다음에 적힌 사항들을 점검하라. 여덟 가지 중 네 가지 이상의 증상이 있다고 생각되면 전문가를 찾아가 진단받을 것을 권하고 싶다.

첫째로 마술이나 마법이 현실적으로 가능하다고 믿는다. 여기에는 미신, 투시력, 텔레파시 혹은 '육감'을 포함한다. 아이들의 경우, 이런 장애가 있을 때엔 흔히 이상한 환상이 나타난다.

둘째로 다른 사람들이 자기에 대해 나쁘게 말한다고 믿는다. 이것이 정서적으로 불안감을 갖고 있는 사람들 대부분이 갖는 열등감에서 비롯된다는 사실은 놀라운 일이 아니다.

셋째로 친한 친구가 없거나 마음을 털어놓을 만한 사람이 없다. 그리고 사회적인 접촉은 매일매일 생존을 위해 극히 필요한 몇몇 사람들에게만 국한되어 있다.

넷째로 규칙적으로 망상이 되풀이된다. 현실세계에서 존재할 수 없거나 존재하지 않는 사람의 존재를 느끼는 것이다. 비개인화와 비현실화, 그리고 세상이 현실적이 아니라는 감정들은 바로 이 망상의 심각한 형태이다.

다섯째로 남들이 알아듣지 못하는 이상한 말을 한다. 자기 생각을 정리하지 못하거나 논리적이고 연속적인 방식으로 풀어나가지 못하는 특징이 있다. 또 말하는 데 있어서 지나치게 공을 들이거나 애매모호하게 표현하는 것 등이 여기에 속한다.

여섯째로 무관심하고 냉정한 감정의 스타일이다. 대인관계에서 친밀함을 회피하고 사회관계 역시 부적절하다.

일곱째로 의심하고 질투하며 편집증적인 성향을 보인다.

여덟째로 비판이나 거절에 대해 과민반응을 보인다.

지금까지 다섯 가지의 성격장애에 대해 설명했는데, 여러분이 주목해야 할 사실은 이들 성격장애가 단계적으로 높아진다는 점이다. 즉, 의존적 성격장애로부터 회피성 성격장애, 편집증적 성격장애, 정신분열성 성격장애, 그리고 마지막으로 정신분열형 성격장애에 이르러 그 정도가 가장 심각해진다. 그리고 이것은 본인이 그 자신을 얼마만큼 수용하는가에 전적으로 달려있다. 자신을 억누르지 않는 사람에게는 이런 증상들이 결코 나타나지 않는다. 자기를 수용하기 때문이다.

세 번째 이야기

자신이나 타인을 결코 평가하지 마라

열등감을 극복하는 방법

많은 사람들이 내게 편지를 보내온다. 그 중에서 가장 안타까운 사연은 인도의 한 젊은이가 보낸 편지가 아닐까 생각된다. 편지에서, 그는 자기 자신을 너무나 신랄하게 비판하여 나를 깜짝 놀라게 했다.

"저는 형편없는 인간입니다. 완전히 열등한 인간이에요. 제대로 할 줄 아는 게 하나도 없어요. 무슨 일이든, 도무지 자신이 서질 않아요. 아니, 아무리 눈을 씻고 들여다봐도 제 자신에 대해 존경할 만한 구석이 하나도 없어요. 아마 저만큼 못난 인간도 이 세상엔 없을 것입니다. 친구들이나 동료들을 보면 하나같이 뛰어난데, 전 내세울 게 하나도 없어요. 정말 저 자신이 싫어요. 어떻게 하면 좋을지 막막하답니다."

편지를 읽으면서, 나는 뚜렷한 태도 변화가 절실하게 요구되는 사람이라 생각했다. 그래서 내가 여러 가지 전략들을 제시할 테니, '마음의 평화를 얻고 싶다면 잘 따르라'는 답장을 보냈다. 하지만 편지로 설명하기에는 다소 복잡한 내용이었다. 또 그 전략들은 내가 제시하는 짧은 설명만으로 실천하기가 쉽지 않은 내용들이었다. 바로 이 일을 계기로 삼아 나는 이 책을 쓰기로 마음 먹었다.

열등감을 극복하는 방법을 한눈에 쏙 들어오게 알려주는 책은 거의 없다. 하지만 일단 왜 스스로를 거부하게 되는지, 그리고 자신을 있는 그대로 받아들이려면 어떻게 해야 하는지를 알면 열등감에서 벗어날 수 있다고 확신한다.

물론 그것은 쉽지 않다. 그러나 이 책에서 제시하는 것처럼 당신이 사실을 있는 그대로 받아들인다면, 누군가 열등감을 느끼게 할 만큼 가르침을 받았더라도 열등감을 느끼지 않도록 가르칠 수 있을 것이다. 말하자면 배우되, 스스로 고쳐 배울 수 있는 것이다.

열등감이나 자기비하, 낮은 자존감, 낮은 자기가치를 극복하고 싶은가. 그렇다면 한 가지만은 유념하라. 자신과 타인을 평가하지 마라. 바로 이것이 핵심이다.

이제부터 자신과 타인을 평가하지 않는 기법에 대해 살펴 보기로 하자. 물론 여러분 중에는 이 방법만으로 과연 자신이 바뀔지 의문이 드는 사람이 있을 것이다. 또 '자신감 형성'이나 '주장 훈련 전략'과 같은 기법들을 무시하는 것을 의아하게 여길지도 모른다.

옳은 지적이다. 세 가지 방법 모두 도움이 된다. 당신으로 하여금 자신감 있고 자기 주장을 하는 사람이 되도록 가르치는 것은 확실히 열등감을 극복하는 데 도움이 된다. 하지만 자기평가 *self-rating*를 피하도록 하는 것만큼 좋은 방법이 될 수 없고 확실한 방법도 아니다. 가장 확실한 것은 어느 순간이든, 그리고 어떤 것이든 자신을 평가하지 않는다는 점이 중요하다. 그래야만 당신의 행동에 관계없이 열등감을 느끼지 않고 자기 존중을 잃지 않을 수 있다.

'자신감 형성'이나 '주장훈련 전략'과 같은 방법으로는 어렵다. 자신을 평가하지 않음으로써 얻어지는 마음의 평화는 오직 자신을 평가하지 않는 데 달려 있다는 점을 기억하라.

'자기'란 무엇인가

당신이 먼저 알아두어야 할 점은 '자기 *the self*'란 단어가 무엇을 의미하는가 하는 점이다. 이것은 대단히 중요하다. '자기'란 용어를 제대로 이해하지 못하면 내가 설명하는 모든 것이 혼동될 것이기 때문이다.

'자기'란 한마디로 '자기를 평가할 수 있는 모든 것'이다. 우리는 여러 가지 방법으로 사람의 자질을 평가한다. 예컨대, 지능, 힘, 외모 면에서 '좋다, 나쁘다'로 평가할 수 있고 정직함이나 관대함 등 품성에서도 똑같이 '좋다, 나쁘다'로 평가할 수 있다.

이밖에 사람들마다 좋거나 나쁘다고 평가할 수 있는 특징들은 무척 많다. 코의 모양, 머릿결, 눈이 사시라는 것, 머리가 회색이라는 것 등 한두 가지가 아니다. 이 모든 것에 대해 우리는 좋거나 나쁘다고 판단할 수 있다. 또 이전에 했던 모든 행동들도 평가할 수 있다. 그러므로 '자기'란 '좋거나 나쁘다고 생각할 수 있는 모든 것들의 총합'이다. 한두 가지의 속성이 아니라 수많은 특징들의 결합이다. 그것은 당신이 얼마나 구체적으로 얻기를 원하느냐에 따라 달라진다.

이제 여러분은 자기 자신을 쉽게 평가할 수 없다는 점을 이해할 수 있을 것이다. 보다 구체적으로 살펴 보자. 먼저 자신을 논리적으로 평가할 수 없는 이유를, 그 다음에 정서장애가 자기평가에 기인한다는 점을 논하기로 한다.

평가의 기초는 편견일 때가 많다

도둑질을 한 젊은이가 있다. 판사는 그 젊은이가 '사회적으로 위험한 사람'이라고 판단한다. 그러나 그 젊은이의 부모는 재판에서 관대한 처분이 내려지기를 희망하면서 판사와 다른 입장을 취한다. 변호사를 앞세워 자기 아들이 '착한 소년'임을 강조한다. 만일 자기 아들이 아닌 다른 사람이 자기 집을 도둑질했어도 과연 그렇게 말할까. 아마 그럴 부모는 별로 없을 것이다.

이성적인 사람이라면 어떤 사물이나 사람에 대해 '좋고 나쁘

다'를 판단할 때 그 판단이 주관적인 관점임을 무시하지는 않을 것이다. 위의 예에서 보듯이, 우리는 가족이나 친구, 동향 사람들의 결점은 너그러이 봐주면서 낯선 사람이나 외국인 혹은 가족이 아닌 남의 실수는 용납하지 않는다. 오히려 목소리를 높여 비난한다. 과연 그래도 될까.

하나만 보고 사람을 판단할 수 없다

여기 사과 한 상자가 있다. 그런데 많은 사과 중에서 단 한 개만이 썩었다. 그렇다면 당신은 사과 한 상자 전부가 썩었다고 말하지는 않을 것이다.

모든 것이 마찬가지다. 잘못을 저지른 자식에게 어머니가 큰소리로 야단쳤다고 하자. 그렇다고 소리 질렀다는 사실 하나만으로 그 어머니를 열등하고 형편없는 인간이라고 판단할 수 있을까. 만일 그렇다고 본다면, 그것은 자식을 키워오며 쏟았던 어머니의 애정을 간과한 셈이다.

자식을 때리거나 술을 많이 마시고 남편이 아닌 낯선 남자를 집에까지 끌어들이는 어느 여자가 있다고 치자. 사람들은 그녀를 가리켜 '못된 여자' '나쁜 여자'라고 하여 손가락질할 것이다. 그러나 자기 자신을 돌이켜보자. 누구에게나 결점은 있게 마련이다. 어쩌면 그녀보다 더 많은 결점을 갖고 있을지 모른다. 그 래도 여전히 그녀가 나쁘다고 논리적으로 결론지을 수 있을까. 그녀가 칭찬받을 점도 적지 않다고 볼 때, 그렇게 비난할 것도 없지 않다고 생각되지 않는가.

좋은 특징인지 아닌지를 누가 결정할까

한 사람을 정확히 평가하려면 그 사람에 대해 매우 자세히 알 아야 한다. 그의 좋은 점과 나쁜 점 등 '모든 것'에 대해 알 필요 가 있다. 그러려면 그 사람이 얼마나 많은 자질을 갖고 있는가를 먼저 알아야 할 것이다.

예를 들어, 어느 사람을 평가하려 한다고 하자. 먼저 그 사람 의 좋은 특징과 나쁜 특징이 어느 정도인지, 그 전체적인 숫자를 파악하고 있어야 할 것이다. 그리고 그 전체 숫자 중에서 좋은 특징과 나쁜 특징이 각각 어느 만큼 차지하는지를 파악해야만 그 사람이 좋다거나 나쁘다고 말할 수 있을 것이다. 예컨대, 73.5 퍼센트의 나쁜 특징과 26.5퍼센트의 좋은 특징을 갖고 있다고 말할 수 있을 것이다. 물론 그 숫자마저 그 사람을 판단할 수 있 는 근거가 되지 않는다는 것을 곧 알게 되겠지만.

사람이 갖고 있는 모든 특징을 하나의 목록으로 작성할 수 있다고 가정해 보자. 과연 어떤 것이 좋은 특징이고 나쁜 특징일까. 그것을 확정지을 팀을 구성한다고 하자. 가장 먼저 대두되는 문제는 모든 사람들이 수긍할 만큼 팀을 구성할 수 있느냐 하는 점일 것이다.

교사들로 구성할 것인가, 아니면 변호사, 성직자일까. 심리학자들은 어떠할까. 중요한 위원회이니만큼 20명 정도는 되어야 할 것이다. 적다고 생각되면 좀더 숫자를 늘릴 수도 있다. 30명, 50명, 아니 1천 명으로 할까.

사람들은 누구나 평가를 받을 때, 대단히 공정하고 정확한 판단을 받기를 희망할 것이다. 그러나 잠시 생각해 보자. 교사 7명, 변호사 15명, 성직자 8명, 심리학자 6명, 그리고 5명의 주부들로 팀을 구성한다는 점에 동의했다고 하자. 그렇다면 그들을 어떻게 선출할 것인가.

만약 특정 국가의 특정한 지역에서 선출한다면 어느 한쪽에 치우칠 가능성이 높다. 그렇다고 다른 나라 사람들을 선출해도 결과는 마찬가지이다. 그들 역시 특정한 지방색이나 국가적 성향을 띤 평가를 하게 될 것이다.

파리, 모스크바, 테헤란, 남아프리카, 미국 등 세계 각국에서 뽑는다면 어떨까. 그들은 서로 다른 평가를 내릴 것이다. 결국 당신은 특징을 갖고서 사람을 평가한다는 것이 얼마나 헛된 시도인지 알게 될 것이다.

특징은 끊임없이 변한다

'나는 1백 70센티미터의 키에 21세'라고 말한다면 대단히 공정하고 신뢰성 있는 표현이다. 그러나 '나는 뛰어난 인재'라고 말하면서 스스로를 훌륭한 일꾼이라고 평가한다면, 그 말을 곧이곧대로 들을 사람은 별로 많지 않다. 왜냐하면 객관적인 판단이 아니기 때문이다. 주중에는 열심히 일하지만 주말 내내 잠만 자는 사람일지도 모르고, 경영자가 지켜보거나 추가 수당을 더 받을 때에만 열심히 일하는 사람일지 모르기 때문이다.

정직함, 친절, 유머, 비열함 등 많은 특징들은 순간의 상황에 따라 변한다. 크게 달라지지 않는 키나 몸무게와는 다르다.

'친절한 사람'이란 평판을 듣는 이가 있다. 그가 토요일 오전에 친구와 골프를 쳤다. 두 사람은 아주 사이좋게 잘 지냈다. 그는 평판대로 아주 친절했다. 하지만 집에 돌아와서 뒷마당으로 나아가 신문을 읽기 시작했을 때, 옆집 아이들이 싸우는 소리가 들리자 짜증을 내기 시작했다. 아이들에게 조용히 하라고 야단을 쳤다면, 과연 친절한 사람일까.

날마다 혹은 시간마다 변하는 특징으로 사람을 판단한다는 것은 이치에 맞지 않는다. 지난날 2차대전 당시 정치범수용소에서 감독관으로 일하던 사람을 알고 있다. 당시 그는 얼마나 못되고 잔인하게 굴었는지, 사람들은 그를 '야수'라고 불렀다. 하지만 전쟁 후 그는 완전히 달라졌다. 다른 나라로 이민을 가서 병원에서 일했는데, 환자들이나 주위 사람들은 그를 가리켜 '성자'라고 불렀다. 그만큼 성실하고 헌신적이었다.

특징을 일관되게 검토할 수 있을까

지금까지 사람의 특징이란 간단하게 평가할 수 있는 대상이 아니라는 이유를 설명했는데, 혹 이상의 모든 것을 무시한다면 어떻게 될까. 그래도 아주 중요한 한 가지 사항이 남아 있다. 즉, 서로 비교해서 평가할 만한 성격적 특징들이 몇 가지 있다는 것을 받아들인다고 해도 어느 정도까지 인정할 수 있는가 하는 문제이다.

예컨대, '정직한 사람'과 '용기 있는 사람'을 비교할 때 누가 더 나은 사람일까. 만약 하나의 특징만을 비교하여 판단하기로 했다면 어느 것이 더 중요한 특징인가를 결정해야 할 것이다. 그렇다면 '정직'이 '용기'보다 더 중요할까. 어느 만큼 중요할까. 1.75배인가, 17.4배인가, 아니면 0.005배인가. 그 정도를 알아야 하는데, 어떻게 알 수 있는가.

또 다른 예를 들어보자. 근검절약하는 습관이 몸에 밴 사람이 있다. 그는 일 주일에 한 번씩 어머니에게 전화로 안부를 묻는

다. 길을 가다가 집을 잃은 고양이나 개를 데려다가 기르거나 주
인을 찾아주려 애쓴다. 그런가 하면, 몸매를 가꾸기 위해 운동하
고 잔디를 깎고 교회에 열심히 나가는 사람이 있다고 하자. 두
사람을 비교할 때, 어떤 습관이 더 훌륭한가. 그리고 얼마나 훌
륭하다고 보는가. 이것을 판단하지 못한다면, 우리는 의미 있는
비교를 할 수 없을 것이다.

　이제 당신은 왜 사람의 특징이나 행동, 재산, 재능 등으로 자
신이나 다른 사람을 논리적으로 평가할 수 없는지 이해할 수 있
을 것이다. 거듭 말하지만, 당신에게는 몇 가지, 아니 아무리 많
은 특징을 예로 든다고 하더라도 자신이나 타인을 평가할 권리
가 없다. 따라서 '누구누구는 참 좋은 사람이다' 라고 해서는 안
된다. 더욱이 이 말은 너무나 애매하다. 이런 판단을 할 때는 '보
다 구체적'이어야 한다. 그래야만 제3자가 당신의 말을 쉽게 이
해할 수 있을 것이다.

　물론 당신이 가리키는 사람이 좋은 사람일지 모른다. 그러나
무엇 때문에 좋은 사람인지를 밝혀야 한다. 만일 그가 훌륭한 골
프 선수라면, 언제 훌륭한 선수였는지를 구체적으로 제시해야
한다. 즉, 지난 주 토요일 9시에서 11시 30분까지 경기할 때에 훌
륭한 선수였다고 해야 한다. 1주일 뒤, 그가 다시 경기할 때 훌륭
한 선수가 아닐 수도 있기 때문이다.

　열등감을 느끼는 사람들은 누군가의 행동을 설명할 때 흔히

라벨을 붙인다. 이때 가장 경계해야 할 라벨들은 '좋다, 나쁘다' '우수하다, 열등하다' 등의 표현이다. 사람을 평가할 때 이런 표현을 사용하는 것은 바람직하지 않다.

'그는 당신보다 좋은 사람이다' '당신은 못났다' '나는 훌륭하지 않다' 등 포괄적인 표현은 되도록 피하라. 어떤 점이 열등한지, 어느 분야에서 우수한지를 밝혀 보다 구체적으로 이야기하라. 그리고 정확하고 세밀하게 평가하라. 예를 들면, '나는 지금 베티보다 뛰어나지 않다. 적어도 두 명씩 편을 짜서 네 명이 하는 브리지 게임을 할 때에는 그렇다. 하지만 6개월 뒤에는 내가 베티보다 브리지 게임을 더 잘하게 될지도 모른다' 라는 식으로 해야 한다.

한편, 사람에 따라서는 개개인이 지닌 특정한 자질이 아니라 전체와 한 개인을 비교하여 열등감과 우월감을 드러내는 방법으로 평가하는 경우가 있다. 이것이야말로 당신 자신이나 다른 사람에 대해 가장 나쁜 영향을 끼친다. 감정의 커다란 상처를 남기기 때문이다.

테리 런던*Terry London*은 1988년에 펴낸 저서 『변화에 대한 도전*A Challenge to Change*』에서 다음과 같은 명언을 남겼다.

"자기*self* 혹은 자아*ego*를 측정하고 평가하지 마라. 걱정과 불행만을 남길 뿐 아무것도 얻을 수 없다."

자신을 평가할 때 행동만을 평가해야 한다. 그리고 그것을 더욱 잘 해내도록 노력하라. 당신이 이대로 실천하기만 하다면 행복하고 건강하며 부유할 뿐더러 성취에 대한 자신감이 늘어날 것이다. 그렇게 하지 않는다면 자기 자신을 '더 좋은 사람'이라고 스스로 정의하기 어려울 것이다.

우울함은 자기비난에서 비롯된다

만일 당신이 다른 사람들을 평가할 때, 행동보다 그 사람 자체를 평가한 적이 있다면 똑같은 방식으로 당신 자신도 평가한 적이 있을 것이다. 그리고 아마도 분노, 질투, 자만, 공포, 수줍음, 죄의식, 당황, 창피함, 모욕감 등으로 고통받은 경험이 있을 것이다. 이제부터 그 고통에 대해 살펴 보자.

먼저 우울함Depression을 보자. '우울함'이란 자기비난과 자기연민, 그리고 타인에 대한 연민 때문에 발생한다. 이 가운데 자기비난만이 자기평가로부터 나온다.

일반적으로 죄의식을 느낄 때 다음의 두 가지 조건이 전제되어야 한다. 즉, 나는 나쁘고 죄스럽고 혐오스러운 일을 했다고 생각해야 하며, 잘못을 저질렀기 때문에 나쁘고 사악하며 바람직하지 못한 인간이라는 조건이다.

이 두 가지 조건 중에서 첫 번째 조건이 사실인 경우가 종종 있다. 왜냐하면 이 세상에는 완벽한 사람이 없기 때문이다. 우리는 모두 때때로, 아니 대단히 자주 잘못된 행동을 한다. 그러나 잘못을 저질렀을 때, 자기 자신에게 '나쁜 사람'이란 꼬리표를 달지 않는다면 죄의식이나 열등감을 느끼지 않을 것이다. 다만 잘못했다는 사실만을 인정하면 된다. 그러면 죄의식으로 고통받지 않기 때문에 보다 쉽게 행동을 변화시킬 수 있다.

죄를 지은 사실 *being guilty*과 죄의식 *feeling guilty*을 구분하도록 노력하라. 예컨대, 당신이 실수로 이웃집 담장 안으로 차를 몰고 들어갔다고 치자. 이웃집에 재산상 피해를 입힌 점은 당신의 잘못이다. 하지만 죄의식을 느낄 필요까지는 없다. 순간적으로 운전을 잘못했다고 해서 자기 자신을 쓸모없는 인간으로 평가할 것은 아니다.

어떤 일이 있어도 자기 자신을 비난해서는 안 된다. 죄책감을 느껴서도 안 된다. 우리는 자기가 했던, 그리고 하게 될지도 모를 잘못에 대해서는 자기 스스로를 용서해야 할 도덕적 의무를 지니고 있다.

이렇게 말하면 여러분은 '어떻게 그 점에 대해 자신을 확신할 수 있는가?' 라고 질문할 것이다. 우리 모두는 크든 작든 잘못을 저지를 수 있는 불완전한 존재로서 다음의 세 가지 점에서 자기 자신을 수용할 권리가 있기 때문이다. 결함이 있고 무식함과 불안감을 갖고 있지 않다는 점이 그것이다.

결함, 무식, 그리고 불안을 무시하라

우리는 연약한 존재이며 원하는 모든 것을 할 수 없는 존재이다. 누구든지 결함Deficiency이 있다. 어떤 사람은 힘이 세고, 어떤 사람은 작곡을 잘 하고, 어떤 사람은 요리를 잘한다. 하지만 힘이 세고 작곡과 요리 등 모든 것을 잘하는 사람은 거의 없다. 또 대부분의 사람들은 한 가지조차 두각을 나타내지 못하는 경우가 많다.

타이핑 속도가 빠르지 못하다고 직장에서 쫓겨난 사람이 있다고 하자. 그것은 그 사람이 타이핑을 잘 치기 위한 눈과 손의 조화로운 기능을 갖추지 않았다는 것을 의미한다. 그렇다고 해서 그를 '열등한 인간'이나 '실패자'로 낙인찍는 것은 부당하다. 본인이 그렇게 생각한다면 자신에 대한 존경심 또한 갖기 어렵다. 생각해 보면, 그것은 단지 특정한 직업, 특정한 상사, 특정한 날짜에 적합하지 않은 타이피스트라는 것을 나타낼 뿐이다.

그는 절대로 나쁜 사람이 아니다. 타이핑에 재주가 별로 없기 때문에 느릴 뿐이다. 정확하게 타이핑하는 것을 배운 적은 없지만, 타이핑에 필요한 기능은 갖고 있다고 생각해 보면 어떨까. 아마도 열 손가락을 다 사용하지 못하고 두 손가락으로 타이프를 칠 것이다. 이런 사람은 '열등한 사원'일 뿐 '나쁜 인간'은 아니다. 단지 직무 수행에 필요한 일들을 배우지 못했을 뿐이다. 그

런데도 자기 자신의 못남을 탓해야 할까.

무식함*Ignorance*은 절대로 잘못이 아니다. 무엇을 못한다고 해서 자신을 비난하는 것은 정말 터무니없는 일이다. 당신은 비행기를 조종할 줄 아는가. 오보에를 연주하거나 아이슬란드어를 말할 수 있는가. 못한다고 하자. 그렇다면 당신을 가리켜 못된 인간이라고 단정짓는 게 옳다고 보는가.

이제부터라도 자신이 형편없는 인간으로 느껴질 때 이런 식으로 생각하라. 이제껏 배우지 않은 일을 잘하지 못한다고 해서 자기 탓으로 돌리고 자신을 비하하는 일은 없어질 것이다.

이번에는 타이핑에 재주가 있는 사람을 예로 들어 보자. 비서 업무를 위해 타이핑을 제대로 배운 여자이다. 하지만 그녀는 오늘따라 스트레스를 많이 받았다. 집의 아이는 아프고 남편은 매일 술주정을 해대는데 집주인은 밀린 집세를 빨리 내라고 독촉한다. 결국 그녀는 이런저런 근심*Disturbance*과 불안한 마음에 타이핑을 할 때, 보통 한 달 정도 일하면서 저지를 실수를 단 하루에 몽땅 저지르는 결과를 가져오고 말았다.

과연 그녀는 나쁜 사람일까. 아니, 교통경찰에게 주차위반 스티커를 발부받고, 아이들에게 소리 지르고, 중요한 전화 약속을 잊었다고 해서 나쁜 사람일까. 스트레스를 받는 모든 사람들이 나쁜 사람일 수는 없다.

근심이란 자신의 잘못된 행동을 용서하는 하나의 과정이다.

화가 나고 우울하고 걱정스럽고 질투를 느낀다는 것은 그저 일을 효율적으로 해낼 수 없다는 것을 가리킬 뿐이다.

혹자는 이렇게 반문할지 모른다. 당신 말대로 죄의식을 느낄 필요가 없다면 끊임없이 잘못을 저질러도 아무런 죄책감을 갖지 말라는 말이냐 라고 말이다. 물론 그렇지는 않다. 사람들은 자신을 미워할 때에 보다 많은 실수를 저지른다. 자신에 대해 이미 나쁜 감정을 지니고 있다는 것은 스스로에게 보다 많은 처벌을 원한다는 것을 의미한다. 그래서 문제를 해결하기 위해 또다시 나쁘게 행동하는 경향이 강하다. 그렇다면 어떻게 할 것인가. 그 해결책을 찾아보자.

신경질적인 아이처럼 행동하는 사람

화를 내려면 일단 자기가 옳고 상대방이 틀렸다고 생각해야 한다. 그리고 상대방이 당신에게 동의해야 하고, 당신이 요구하는 대로 행동해야 한다고 믿어야 한다. 다시 말해서, 세상과 세상 사람들은 당신의 주장에 동의하든 말든, 당신이 말한 대로 행동해야 한다고 생각한다. 그래서 화가 나면 신경질적인 아이처럼 행동한다. 만약 당신이 우월감을 느끼지 않는다면 당신은 전혀 화내지 않을 것이다. 이때의 우월감은 자기가 생각하고 원하는 것만이 중요한 것이라고 믿는 것을 말한다.

소위 높은 자존감을 가진 사람들은 자신의 분노*Anger*를 쉽게 정당화하는 경향이 있다. 지능이나 교육 정도, 재산, 재능 등에 있어서 자기들보다 못한 사람은 별 볼 일 없는 사람이며 존경받을 만한 자격이 없다고 여기기 때문이다.

그러므로 타인에게 좋은 모델이 되자. 그리고 자기 잘못을 모르는 사람처럼 행동하고 자기보다 못한 사람은 인간이 아니라는 듯이 자만하며 거만하게 뽐내는 사람처럼 행동하지 말자. 분노의 역학에 대해서는 다시 언급할 것이다.

겁쟁이에게도 숨어 있는 용기

일반적으로 자신을 무시하는 사람들은 두려움*Fear*을 키우는 경향이 강하다. 스스로를 '세상에서 불필요한 인간' '쓰레기 같은 존재'라고 여긴다. 생각해 보자. 자기 자신을 그렇게 생각하면서 어떻게 고등교육을 받고 결혼하여 한 가정을 꾸리고 취직하거나 회사를 경영할 수 있는가. 또 이웃들과 사촌처럼 어울려 살 수 있는가.

사람이나 어떤 일이 두렵다고 말하는 것은 자신이 나약하고 힘이 없으며 위험에 직면할 만큼 충분한 힘과 용기가 없다고 말하는 것과 같다. 그리고 이처럼 삶을 두려워하는 사람들의 운명은 드넓은 바다 위에서 바람 부는 대로 오르락내리락하며 흔들리는 돛단배나 다름없다.

두려움에 직면했을 때에는 그것에 순응하기보다 그것을 제거하는 편이 훨씬 낫다. 당신도 알 것이다. 아무리 심한 겁쟁이라 할지라도 용기를 발휘하는 순간이 있다는 것을.

우리는 어렸을 적에 등교할 때 횡단보도를 건넌다. 또 출근할 때 혼잡한 교통체증 속에서 차를 운전한다. 결혼하여 아이를 낳고 가족을 부양할 책임을 맡는다. 그런데도 사람들은 자기 자신을 여전히 놀래기 쉬운 어린아이처럼 다루려 하고 있다.

만약 누군가 당신 가족을 위협한다면 당신은 두려움을 느끼더라도 가족을 지키기 위해 싸울 것이다. 당신이 아주 소심한 사람이라고 가정하자. 그렇더라도 당신은 가족을 지키기 위해 용감하게 맞설 것이다. 이때의 용기를 어떻게 설명할 수 있을까. 이 점을 잘 생각해 보면 두려움은 충분히 극복될 것이다.

만일 당신이 자기 자신을 가치 없는 인간이라 생각하고 낯선 사람들이 가득한 곳에 들어서기를 두려워한다고 하자. 또 지나친 열등감과 낮은 자존감으로 힘들어한다고 하자. 그렇다고 해도 앞서 말했듯이 가족을 위한 용기를 이해한다면 자신의 결점에서 벗어날 수 있을 것이다. 그리고 다른 사람들이 당신에 대해 어떻게 생각하든 신경을 쓰지 않을 것이다.

질투를 느끼는 사람들

질투_Jealousy_가 많은 사람은 사랑하는 연인이 다른 사람들과 재미있게 얘기하는 것을 보고 어떤 생각을 할까. 대체로 세 가지 점에서 부정확한 판단을 내리는 경향이 있다.

첫째로 그는 자기가 위협을 느끼는 것이 당연하다고 생각한다. 그는 자기가 형편없고 보잘것없는 인간이라고 생각하고 있기 때문에 연인과 함께 있는 상대방에게 열등감을 느낄 것이다. 만약 그 사람이 너무 어리거나 나이가 많은 사람이라면 위협의 대상으로 삼지 않을 것이다. 그러나 매력 있고 재치 있으며 재능이 있다면 자기가 위험한 상황에 처했다고 생각한다.

왜 그럴까. 스스로를 신뢰하지 않고 상대방과의 경쟁에서 이길 능력이 없다고 믿기 때문이다. 내면 깊숙한 곳에 열등감이 자리잡고 있는 것이다. 그렇지 않다면 애인이 다른 사람과 얘기하거나 함께 노는 것을 왜 달가워하지 않는지를 설명할 도리가 없다. 자기 자신에 대해 건강한 관점을 가졌다면 그토록 화를 내지는 않을 것이다.

질투하는 사람이 저지르는 두 번째 실수는 애인이 자기보다 뛰어난 사람을 만났을 경우에 그가 자기 애인을 유혹할 것이라고 믿는다는 점이다. 참으로 우스꽝스런 생각이다. 세상에는 모든 것에서 최고인 사람은 없다. 그리고 우리들은 모두 자기가 사랑하는 애인보다 매력적이고 재미 있으며 재능 있고 부유한 사람들을 알고 있다. 하지만 그런 사람들을 보았다고 자기 애인을 버리는 일이 자주 일어나는가. 물론 그런 일이 생기기는 하지만 질투하는 사람들이 걱정하는 만큼 자주 일어나지는 않는다. 이런 점을 조금이라도 떠올린다면 이 두 번째 걱정이 얼마나 비현실적인지 쉽게 알 수 있을 것이다.

질투하는 사람의 세 번째 실수는 꽤 심각하다. 거절당하는 것에 참지 못하고 상처받으며 애인 없이는 살 수 없다고 판단하는 것이다. 그러면서 사랑하는 사람의 삶의 모든 것들을 통제하려 한다. 애인의 눈빛조차 감시하고 통화하는 내용, 외출하는 것까지도 감시하려 한다. 생각하기에 따라서는 이해할 수 있는 일들이지만 합리적인 태도라고 말할 수는 없다.

당신은 어떤가. 만일 당신이 이런 성향을 갖고 있다면 스스로 편안해지기 위해 자신의 생각을 과감히 바꿀 필요가 있다. 세상에 참을 수 없는 이별이나 거절은 없다. 애인이 없다고 해서 살지 못하는 것도 아니다.

당신이 극심한 마음의 동요*upset*를 선택하지 않는다면 당신을 당황하게 할 사람은 없다. 사랑하는 사람을 잃는 것은 당연히 슬프다. 하지만 세상의 종말이 오는 것은 아니다. 더욱이 당신은 어린아이가 아니다. 물론 우리 모두는 사랑을 원한다. 하지만 꼭 사랑을 받아야 하는 것은 아니다.

94

열등감이 악화되는 조짐

여기서 내가 자주 언급하는 열등감 콤플렉스 *inferiority complex* 라는 용어가 '낮은 자존감 *low self-esteem*'과 같은 의미라는 점을 이해할 필요가 있다. 어떤 사람들은 두 용어가 같지 않다고 생각할지 모르지만, 나는 같은 의미로 해석한다.

내담자들 중에는 자존감이 낮다는 것은 인정하지만 열등감을 갖고 있다는 것을 부인하는 사람들이 있다. 하지만 열등감 없는 낮은 자존감이란 애당초 존재하지 않는다. 이 두 용어 모두 자신을 거부하는 것을 의미한다. 자신을 타인과 부정적으로 비교하기 때문에 자기 자신을 인간으로서 가치 없고 바람직하지 않다고 결론짓는 것을 의미한다.

실제로 사람들은 때때로 수치심이나 당황스러움, 굴욕, 수줍음, 모욕감 등을 경험하는데, 이런 것들이야말로 부정적인 자기 평가의 전형적인 징후들이다. 이런 감정들은 그 성격이 흡사하지만 자기 자신 또는 다른 사람의 행동에 대해 당신이 느끼게 되는 불편함의 정도에 따라 각기 다른 방식으로 설명된다.

당신이 친구와 함께 파티에 갔다고 가정해 보자. 그 친구는 파티를 연 주인과 당신만큼 가깝지 않다고 하자. 그런데 파티 도중에 당신 친구가 술을 너무 많이 마셨기 때문에 술주정을 했다. 당연히 파티는 난장판이 되었을 것이고, 당신이나 파티를 주최

한 사람은 불쾌하고 화가 났을 것이다.

만약 그 친구가 술주정을 아주 심하게 했다면 파티 주최측은 그 친구가 다른 손님들에게 접근하는 것에도 화를 낼 것이다. 그러면 당신은 자기 자신에게 화가 나고 굴욕감까지 느끼게 될 것이다. 그 친구가 가구까지 망가뜨리고 바닥에 깐 카펫까지 더럽혔다면, 당신은 수치심마저 느낄 것이다. 그리고 그 친구 때문에 파티가 난장판이 된 데 불쾌감을 느낀 집주인이 자신을 모욕했다고 주장한다면, 당신 역시 친구의 행동 때문에 모욕감을 느낄 것이다. 물론 그 친구 역시 사리 분별을 할 줄 아는 사람이라면 술이 깬 후에 당황스러움과 굴욕, 수치심을 갖게 될 것이다. 이러한 예는 아주 일반적인 사례이다. 그리고 각자의 감정 역시 정상적이다. 그렇다면 '건강한 행동'이란 무엇일까. 건강한 행동은 세 사람 각자 다른 반응을 요구한다.

우선 주인이나 당신은 성가심이나 짜증 이상의 감정을 느낄 필요가 없다. 당신이 저지른 일도, 당신의 잘못도 아닌데, 왜 당황하고 굴욕감과 부끄러움까지 느껴야 하는가. 문제의 발단은 당신 친구이고 그가 술을 너무 많이 마셨다는 것뿐이다. 주인이나 당신이 그런 것은 아니다.

그렇다면 당신이 친구와 함께 파티에 갔다는 사실이 잘못일까. 아니다. 그것은 결코 잘못이 아니다. 당신 친구가 파티를 망쳤다고 해도 집주인이 개인적으로 이 사건을 책임져야 할 이유는 없다. 집주인은 이 사건과 아무런 상관이 없는 사람이다. 더욱이 우리는 아무리 가까운 사람이라도 그의 행동에 대한 책임까지 질 필요는 없다.

당신의 친구는 어떠할까. 술에서 깨어나면 그는 분명 죄의식이나 수치심을 느낄 것이다. 하지만 그 일은 실수 차원의 일이다. 당신의 친구 또한 자기 존중을 잃거나 조금도 열등감을 느낄 필요가 없다.

우리 모두는 불완전하다. 그리고 그 친구도 불완전한 인간이다. 파티에서 취하는 것은 분명 옳은 행동이 아니다. 그렇다고 해서 한 번의 실수로 자신을 열등하다고 판단해서는 안 된다. 평소 때, 그 친구는 점잖은 사람이고 예의바르고 열심히 일하는 사람일 수 있지 않을까. 사랑스럽고 소박하고 유머러스한 사람인 경우가 많다. 어떤 하나의 행동만으로 사람을 평가해서는 안 된다.

물론 주인이 이 무례한 행동에 대해 상관하지 않아도 된다는 말은 아니다. 주인은 다음날에 그 친구가 어떤지 전화나 편지로 위로를 해 주면 된다. 그러고 나서 다음에는 그 친구를 파티에 초대하지 않으면 그뿐이다. 이렇게 일을 해결하는 것이 최선의 방법이다. 복잡하게 생각할 필요가 없다.

수줍음은 어떨까. 학자들의 연구에 따르면, 수줍음은 다소 유전적인 요인이 많다고 한다. 그렇다면 당신이 수줍음을 느낄 상황에 처했을 때, 무엇을 할 수 있겠는가. 유전적 요소가 많다고 하니, 그저 그 느낌에서 벗어날 때까지 혼자 지내는 것 말고 달리 할 수 있는 일이 없을 것이다. 사실 유전적 요소가 많은 수줍음은 웬만큼 노력하지 않으면 통제하기 어렵다. 수줍음이 많은 사람들은 대그룹이든 소그룹이든 똑같이 불편함을 느낀다.

'자기를 사랑하라'는 말의 함정

낮은 자존감을 치료하는 가장 좋은 방법은 자기 자신을 사랑하는 것이라고 이야기하는 사람이 많다. 얼핏 들으면 맞는 말인 것 같다. 그러나 바꿔 생각해 보자. 당신이 올바른 행동을 했을 때 자기 자신을 사랑한다는 말은 좋지 않은 행동을 할 때에 스스로를 미워한다는 의미가 아닐까. 어느 순간에 자신을 미워했다가 또 다른 어느 순간에 자신을 사랑한다면 안정된 삶을 영위할 수 없을 것이다.

이제 당신은 그 어떤 것이든 자기평가는 옳지 않다는 점을 분명히 알았을 것이다. 자기평가를 피하라. 아니, 무조건 자신을 수용하라. 그것이 가장 바람직하다. 잘못된 행동을 한다고 해서 '나쁜 사람'이라고 할 수 없다면, 고상한 행동을 한다고 해서 '좋은 사람'으로 정의할 수도 없지 않을까.

최선의 해결책은 자기수용

자신의 장단점에 대해 스스로 할 수 있는 가장 좋은 방법은 장점은 키우고 단점은 고치는 일이다. 한마디로 자신을 바꾸는 것이다. 만일 그것이 힘들다면 자신을 있는 그대로 받아들이기만 하면 된다. 당신이 자신을 수용한다면, 스스로를 평가하는 대부분의 사람들과 정반대의 행동을 하게 될 것이다.

자기수용이란 자신의 외모가 마음에 들지 않더라도 그것 때문에 자기 자신을 싫어하지 않는 것을 의미한다. 또 자식을 기르는 양육방식이 아주 마음에 들지 않는다는 이유로 자기 자신을 나쁜 부고나 못된 부모로 여기고 사악하고 무서운 사람이라고 판단하지 않는 것을 의미한다. 사람을 평가할 때, 행동이나 외모, 재능, 재산 등으로 평가할 수 없다는 점을 기억하라.

자기수용이란 자기가 지닌 자질를 잣대로 삼아 스스로를 평가하지 않는다면 체면을 잃거나 부끄러움, 당황스러움을 느끼게 되지 않는다는 것을 의미한다.

대체로 아시아인들, 그리고 정도는 덜하지만 유럽인과 미국인들은 비웃음을 당하거나 가족간 싸움으로 신문에 이름이 실리거나 친절을 베풀었다가 비난받을 경우에 체면을 잃었다고 생각한다. 그러나 '체면을 잃는다'라는 개념을 믿는 것은 다른 사람의 의견에 당신 자신을 저당 잡히는 것과 마찬가지이다. 그들의 노예가 되는 꼴이다. 말하자면, 한 인간으로서 당신의 가치에 대한 판단을 그들 손에 맡기는 셈이다. 당신이 얼굴을 똑바로 들고 어깨를 쭉 펴고 떳떳하게 걸을 것인지, 아니면 길 모퉁이를 살금살금 걸어 다닐 것인지를 당신이 아닌 그들이 결정한다는 뜻이다. 이것이 옳지 않다는 것은 잘 알 것이다.

왜 당신은 다른 사람들의 판단을 수용해야 하는가. 물론 다른 사람이 당신의 기술이나 외모, 재산 등을 평가하는 것은 매우 정확할 수도 있다. 하지만 당신의 기술이나 외모, 재산 등을 따져서 당신을 '좋은 사람' 혹은 '나쁜 사람'이라고 판단하는 것은 옳은 일이 아니다. 요리를 잘못했다고 해서 '나쁜 사람'으로 결정지어질 수 있는가. 체면을 잃었다고 느낀다는 사실 자체가 다른 사람들의 판단에 동의한다는 이야기가 된다.

당신이 원한다면, 다른 사람들의 판단을 받아들이고 수용할 수는 있다. 하지만 그렇게 했다고 해서 체면을 잃게 만드는 것은 다른 사람이 아닌 바로 당신 자신이다. 당신에 대해서 다른 사람들이 하는 말은 상대적으로 해롭지 않다. 그러나 자신에 대해 스스로 하는 말은 당신 자신을 고무시키기도 하고 매우 고통스럽게 만들기도 한다.

자신을 평가함으로써 생기는 복잡하고 귀찮은 문제를 피하려면 자신이나 타인을 평가하는 것을 그만둬야 한다. 그 대신, 건전한 철학을 가지고 자신이 변하도록 노력하는 것이 필요하다.

이제부터는 자신을 미워하거나 사랑하지도 말고, 있는 그대로 받아들여라. 또 이것을 다른 사람들에게도 적용하라.

거듭 강조한다. 다른 사람을 미워하거나 사랑하지 마라. 그들을 있는 그대로 수용하라. 그리고 할 수 있다면 그들을 변화시켜라. 그들이 나의 깊은 소망과 요구를 만족시킬 수 있다면, 당신을 위해 그들이 행한 모든 일들을 사랑할 수 있을 것이다. 그러면 당신을 매우 행복하게 해준다는 이유로 그들을 다른 사람들보다 더 좋은 사람이라고 판단하지는 않을 것이다.

지금부터 당신이 해야 할 일

평소에 관심을 두지 않았던 자기평가를 이해하는 일은 쉽지 않을 것이다. 무엇보다도 그 동안 당신이 일상적으로 해 왔던 방법, 자기 자신과 타인, 그리고 그 행동에 대해 생각하는 것과 전혀 다른 방법으로 접근하고 있기 때문이다. 다음의 열여섯 가지 요약을 통해 보다 명확한 의미가 전달되기를 바란다.

하나 | 자녀들이 쓸데없이 높은 자존감을 갖기 위해 노력하지 말도록 가르쳐라. 높은 자존감을 갖게 가르치는 것은 거만함, 자만심, 우월감을 가르치는 것이나 다름없다.

둘 | 아이들이 부정적으로 자신을 평가하지 않도록 가르쳐라. 그것은 죄책감과 우울함, 열등감, 불안함을 갖게 한다.

셋 | 아이들이 자기수용을 배우도록 하라. 무엇이든 자기평가를 피하고 자만심과 자기혐오에 이르는 감정을 피하게 하라.

넷 | 자존감에 대한 모든 진술은 지나친 일반화이다. 왜냐하면 우리가 갖고 있는 대부분의 자질들은 주변에 있는 사람들의 기호에 따라 무시되기 때문이다.

다섯 | '자기'란 수많은 특성*characteristics*을 의미한다. 따라서 자기를 구성하는 그 수많은 특징 가운데 몇 가지 특징만으로 자기 전체를 측정할 수는 없다.

여섯 | 자기 자신을 평가하지 않을 때에 비로소 죄책감과 열등감에서 벗어날 수 있다. 죄책감과 열등감은 자기비난을 낳고 우울함을 초래한다.

일곱 | 다른 사람을 평가하지 않으려고 애쓸 때, 분노와 거기서 파생되는 원망, 비통함, 미움, 공격성 등의 감정을 피할 수 있다.

여덟 | 자기평가는 고통스럽고 과장되어 있으며 잘못된 것이다. 현 시점에서 자신의 장단점을 있는 그대로 수용하지 않는다면 만족스런 인간이 될 수 없다. 할 수 있다면 변화시키고 할 수 없다면 수용하라.

아홉 | 당신을 사랑한다는 것은 곧 당신을 평가한다는 것을 뜻한다. 그러나 당신이 원하는 것이 안전*security*이라면 어려움에

부딪힐 것이다.

열 | 심리학적 건강함은 세 가지를 실천함으로써 얻어질 수 있다. 사람의 행동은 평가하되 사람 자체는 평가하지 말 것, 스스로 가진 능력을 최대한 개발할 것, 그리고 다른 사람에게 존중받는 사람이 되도록 노력할 것 등이다.

열하나 | 당신이 '나쁘다'고 평가받는다면 '어떤 점' 때문인가에 대해 의문을 가져야 한다. 더욱이 그것은 항상 구체적이어야 한다. 일반적이어서는 안 된다.

열둘 | 자기를 홀로 내버려두어라. 그때 당신은 자기 자신을 어떻게 생각하는가. 결코 평가하지 말고 자신을 수용하라.

열셋 | 당황하지 말고 굴욕감, 모욕감, 수줍음을 느끼지 않도록 노력하라. 이런 행동은 자기평가의 산물이다. 그리고 끊임없이 당신이 불안정한 사람임을 드러낸다.

자기수용의 비법

이제 머리를 높이 쳐들고 가슴 가득히 희망을 느껴라. 세상에 대한 비관으로 절망에 빠지지 마라. 당신은 세상에서 가장 눈부신 성취, 곧 인간의 한 구성원이다. 당신이 불완전하다고 해도 단점보다 훨씬 많은 재능을 부여받았다.

바꿀 수 없다면 당신이 지닌 단점과 함께 자신을 수용하라. 그러나 열심히 노력하고 배워나간다면 인생의 즐거움을 누리면서도 당신의 약점과 결점들을 줄여나갈 수 있다.

자신을 무시하지 마라. 당신이 자신에게 좋은 사람이 아니라면 다른 사람에게도 좋은 사람이 될 수 없다.

머리를 높이 들어라. 당신도 인류의 한 구성원이다. 당신에게 한계가 있다 하더라도 운명을 어느 정도까지 실현할 수 있는 충분한 재능, 지능, 자원을 갖고 있다는 긍지를 가져라. 머리를 높이 쳐들고 부드러움과 호기심으로 세상을 바라보라. 모든 사람들이 친절한 눈빛을 보낼 것이다.

물론 그렇지 않을 수도 있다. 이 때에는 이런 식으로 생각하라. '세상에 나쁜 사람은 없다. 그들도 단지 불완전한 존재일 뿐이다'라고. 그리고 그들에게 단호하게 대하라. 만일 당신이 스스로를 귀하게 여긴다면, 다른 사람이 당신을 모욕하도록 내버려두지 않을 것이다.

하지만 세상을 살아가는 동안에는 다른 사람을 잘 다루어라. 무엇보다도 당신의 깊은 소망과 욕구가 합리적으로 만족되도록 하라. 당신이 가장 사랑하는 사람에게 기울이는 주의와 관심을 항상 자신에게 베풀어라. 자신을 존중하지 않고 다른 사람만을 존중하는 것은 당신의 의지를 비웃는 결과를 낳는다. 당신 스스로가 모범이 됨으로써 자기수용의 교훈을 타인에게 가르쳐라.

네 번째 이야기

자신감을 키우려면 무엇을 해야 하나

수행자신감은 평가의 잣대가 아니다

'자기'란 단어가 자신에 관한 '모든 것'이라는 말을 상기하라. 그렇다면 내가 몇 가지 특징만으로 자신을 평가할 수 없을뿐더러 왜 '자기자신감*self-confidence*'이라는 말을 사용하지 않는지를 이해할 수 있을 것이다. 누군가에게 '자신감을 가지세요' 라고 말하는 것은 모든 것을 대단히 잘 해낼 수 있는 자기 자신을 믿으라는 말과 같다. 다시 말해서 완벽한 사람이란 의미이다

사실 '자기자신감' 보다는 '사회적 자신감*social confidence*'을 이야기하는 게 옳을지 모른다. '사회적 자신감'이란 사회 속에서 자신을 다루는 능력을 말한다. 예컨대, 당신이 친구를 잘 사귄다면 친구를 사귀지 못하는 사람들보다 낫다는 의미가 아니라 친구 사귀는 방법을 안다는 것을 의미한다는 것이다. 어느 영역이든 사람 자체를 평가하는 게 아니라 그 사람의 수행*performance*만을 평가하는 것이다.

이제 여러분은 내가 왜 '자기자신감'이란 용어 사용을 피하는가를 이해할 것이다. 논리적으로 보더라도 이 용어는 이치에 맞지 않는다. 그리고 다양한 활동에서의 실제 행동을 언급하기보다는 어떤 행동에 대한 수행자신감*performance-confidence*이라는 용어를 사용하는 것이 보다 논리적이다. 같은 맥락에서 사랑자

신감 *love-confidence*, 업무자신감 *work-confidence*, 학문자신감 *academic-confide nce* 등과 같은 용어를 사용하는 것도 생각해 볼 만 하지 아닐까.

불행하게도 대부분의 사람들은 특정 업무에서 다른 사람들보다 유능하다는 점을 앞세워 자기가 다른 사람들보다 '좋은 사람'이라고 판단하는 오류를 범하고 있다. 어찌 보면, 그들의 자기평가는 하늘 높은 줄 모르고 치솟는다. 그런 식으로 계속 가다 보면 결국에는 자기 자신을 위대하다고 느낄 것이다. 이런 사람들이 수행자신감에 대한 올바른 이해를 받아들이려면 정말 오랜 시간이 걸릴 것이다.

나는 사람들이 수행으로 자기 자신을 평가하지 말고 많은 것들을 배워서 잘하려는 용기를 갖게 해주는 데 수행자신감을 이용했으면 한다. 한 인간으로서 다른 사람들보다 우월하다고 느끼지 않기를 바란다. 거듭 강조하지만, 이 점만은 꼭 기억하라.

이제 당신의 목표를 피하기보다 성취함으로써 당신이 수행자신감을 향상시킬 수 있는 방법을 살펴보자.

흥미를 느끼는 일을 하라

대다수의 사람들은 적어도 어느 한 분야에서 두각을 나타내야만 자긍심이나 자부심을 느낄 수 있다고 생각한다. 두드러진 점이 있다는 것을 인식하기만 하면 스스로 자기 자신이 가치 있다고 느낀다. 이 얼마나 슬픈 일인가. 인간적인 성공을 평가하는데 그렇게 엄격한 잣대를 들이대는 것은 실로 유감스러운 일이다. 만일 이 말이 옳다면 뛰어나지 못한 대부분의 사람들은 하나같이 가치 없는 인간이 되고 만다.

더욱 안타까운 일은 자기 자신에게 그렇게 요구하는 사람들이 종종 자신의 수행에 대해 신경질적인 반응을 보인다는 점이다. 완벽주의자들은 불행하고 불안정한 사람들이다. 왜 그럴까. 그들 역시 불완전하기 때문이다. 아무리 완벽에 가까워도 만족하지 못하는 사람들이야 말로 종종 이런 위험한 철학의 희생양이 된다. 이 얼마나 아이러니한 일인가. 여러분은 내가 '위험한'과 같은 격한 용어를 사용한다는 점에 유의하길 바란다. 완벽을 추구하다 보면 누구도 따라가기 버거운 많은 요구들이 생겨나게 마련이기 때문이다.

모든 과목에서 최고의 성적을 받아야 한다고 믿는 학생들의 경우를 보자. 이 딜레마를 해결하는 방법은 두 가지이다. 하나는 최고의 성적을 받기 위해 열심히 공부하는 것이고, 다른 하나는 완벽주의란 건강에도 좋지 않고 삶에도 도움이 안 되는 불필요한 것이라고 생각하는 것이다.

항상 최고가 될 수 없다면 완벽주의에서 벗어나야 한다. 그래야만 정서 장애에서 벗어날 수 있다. 완벽주의의 기본적인 문제와 약점은 그 문제가 성취되지 않으면 업무자신감이나 자기수용을 이끌어 낼 수 없다는 점이다. 그러나 이 세상에 어느 누가 완벽할 수 있을까. 성취했다는 점이 아니라 시도했다는 사실에서 자신감을 강화하도록 하라. 산에 오르는 과정은 정상에 이르는 것만큼 많은 긍지와 만족을 가져다줄 수 있다는 점을 잊지 마라.

나는 상담을 할 때마다 내담자들로부터 자신감을 발달시키기 위해 무엇을 해야 하는가에 대한 질문을 곧잘 받는다. 그럴 때마다 나의 대답은 항상 똑같다. 그리고 한 가지뿐이다.

당신이 흥미를 느끼는 것을 하라. 아무리 못하더라도 그것을 하라. 인간은 실수를 통해 배우는 법이다. 그리고 또 다시 시도하라. 그것만이 완벽이 아닌 향상을 가져온다. 실행*practice*은 완벽한 사람을 만드는 것이 아니라 숙련가*master*를 만든다.

이제부터 수행훈련에 대해 살펴 보자. 여기 다섯 가지 원칙이 있다. 이 원칙을 부지런히 실천한다면 스스로가 갖고 있다고 믿어 본 적이 없는 기술과 재능을 발달시키게 될 것이다.

눈앞의 즐거움의 유혹을 거부하라

코앞에 놓여 있는 이익보다는 먼 훗날 얻을 장기적 이익의 중

요성에 더욱 주의를 기울여라. 당장의 즐거움에 빠져 미래의 이익을 간과한다면 당신은 마침내 불쌍한 사람이 되고 말 것이다. 내가 만났던 사람들 가운데 가장 불행한 사람들은 즐거움의 유혹을 거부하지 않고 굴복하여 결국에는 심각한 좌절과 실망 속에 빠져서 고통스러워하는 사람들이었다.

하루 종일 텔레비전을 보거나 운동을 하고 친구와 전화 통화로 시간을 보낸 학생들은 숙제를 하지 않고 놀았던 대가를 치른다. 높은 칼로리의 음식을 피하지 않고 한 주일에 한 번도 운동하지 않은 채 아이스크림과 케이크를 즐기는 사람들은 어떨까. 결국 그들은 뚱뚱한 몸매 때문에 사람들 앞에 나서는 것을 꺼리게 될 것이다. 언젠가, 대단히 매력적인 젊은 여성과 상담한 적이 있었는데, 그녀는 너무 뚱뚱해져서 남편이 함께 쇼핑을 가자거나 파티에 참석하자는 말을 들어보지 못했다고 하소연했다.

지금의 행동이 미래에 끼칠 영향에 대해 개의하지 않고 눈앞의 유혹에 빠지는 사람들이 공통적으로 안고 있는 문제점은 한 가지뿐이다. 눈앞의 유혹이 자기에게 더 큰 행복을 가져다줄 것이라고 믿는다는 것이다. 하지만 천만의 말씀이다. 행복을 가져다주는 경우도 있지만 항상 그런 것은 아니다.

어떤 사람은 "우리 자신을 훈련시키지 않는 것이 오히려 이성적인 경우도 있지 않습니까?" 라고 항변할지 모른다. 그렇다. 오래 살 생각이 없다면 물론 상관없다. 만일 몇 주일, 몇 달 내에

죽는다고 하면, 놀고 술 마시고 담배 피고, 그 동안 먹고 싶었던 것을 몽땅 먹는 것을 마다할 이유가 없다. 그러나 확률적으로 볼 때, 당신은 70대까지 살 가능성이 높다. 요즘 사람의 수명이 그렇다. 그렇다면 지금 당장 저지른 실수의 대가를 당신은 앞으로 몇 년, 아니 몇 십 년간 치르며 살아야 한다.

물론 꽉 짜인 스케줄에서 벗어나 빈둥거리며 지내는 시간도 필요하다. '공부만 하고 놀지 않는 아이는 바보가 된다'는 속담이 있다. 군인들은 1시간 훈련하고 10분씩 쉰다. 직장인들은 금요일에 일찍 퇴근하고 주말휴가를 즐긴다. 이런 휴식이 없다면 훈련으로 넋을 잃는 군인이 나올 수 있고, 글자 그대로 일하다가 죽는 샐러리맨들도 많을 것이다.

일본의 중간 간부들 중에는 몇 개월 혹은 몇 년 동안 1주일에 90시간 이상씩 일하는 사람도 있다고 한다. 그 결과, 1988년 한 해 동안 무려 4백여 명의 일본 남성들이 과로로 사망했다. 즉, 그런 혹사를 방치함으로써 '문제에 직면하는 것이 피하는 것보다 낫다'는 원칙을 여전히 고수하고 있는 것이다.

서툴더라도 끈기 있게 계속하라

할 일을 미루는 버릇을 극복했다면 수행자신감 형성의 다음

단계의 준비가 된 것이다. 자기가 잘 못하는 일을 시작했더라도 멈추지 마라. 기술이 숙달될 때까지 서툴더라도 끈기 있게 일하는 것이야말로 성공의 중요한 두 번째 기법이다.

이 단계에서 실패하는 가장 큰 원인은 성급함이다. 복잡한 업무에 필요한 기술을 배우는 데는 많은 시간이 걸린다. 두 장의 그림을 그린 후, 그림 그리는 것을 포기한 사람이 있었다. 말하자면 두 번 시도하는 것으로 잘 해낼 것을 기대했던 셈이다. 막상 잘 그려지지 않자 싫증을 내고 목표를 포기해버린 것이다. 그리고 그는 자신이 그림을 멋지게 그릴 수 없을 것이라고 완전히 믿고 있었다.

우리는 '훌륭한 일은 할 만한 가치가 있다'는 속담에 세뇌당해 왔다. '잘할 수 없다면 아예 손대지 마라' 같은 속담도 있다. 이 속담들을 곧이곧대로 받아들인다면 코를 풀거나 이 쑤시는 일을 빼고 나면 할 일이 별로 없을 것이다. 과연 이것이 현실적일까. 걷고 말하고 포크나 칼을 사용하는 것을 처음 할 때부터 능숙하게 잘 했을까. 춤을 처음 배울 때 얼마나 서툴고 수줍어했는가를 떠올려 보라. 이런 예는 너무 명백한 사실이어서 설득력이 없을 수도 있다. 그렇다면 다른 예를 보자.

부모가 아이들을 키울 때, 똑같은 문제가 발생한다. 아이를 키워본 경험이 없는 부모들은 대체로 둘째나 셋째 아이를 키울 때 하지 않는 실수를 첫아이를 키울 때에는 곧잘 한다. 첫 아이를 키울 때의 경험이 둘째나 셋째 아이를 키울 때 도움이 된다는 얘기이다. 그렇다면 경험이 부족한 부모가 시행착오를 한다고 해서 첫째 아이를 남의 손에 맡기라고 말할 수 있을까.

인지-행동주의 치료가들은 '잘하는 것보다 해보는 것이 더 중요하다'고 말한다. 이 철학을 받아들인다면 우리는 목표를 달성하는 데 두려움을 덜 수 있을 것이다. 그렇다면 우리가 재산을 투자하고, 심리요법을 통해 자기패배적인 습관들을 변화시키고, 젊음을 유지하기 위해 운동을 계속 하고, 무한한 만족을 주는 예술과 음악적 기술이나 소질을 향상시킨다면 더 이상 무엇이 두렵겠는가.

듣기에 따라서는 매우 사소한 문제처럼 생각될 수도 있다. 그러나 자신이 설정한 일정 기준에 이르지 못한 완벽주의자들에게 어떤 일이 일어나는가를 생각해 보면 알 수 있다. 심각한 예가 많지만 여기서는 한두 가지만 보자.

언젠가, 생물학 박사학위 논문 작성을 끝내지 못한 한 남자가 나를 찾아왔다. 연구는 이미 끝난 상태였는데 집필 단계에서 고민이 있어서 찾아온 것이다. 그는 논문의 1장과 2장은 아주 만족스럽게 마쳤다고 했다. 문제는 3장을 집필하면서 잘 풀리지 않아 괴롭다는 것이다. 나는 문제의 3장을 뒤로 미루고 4장부터 쓰라고 했다. 하지만 그는 3장을 적지 못했다는 문제에 너무 집착하여 논문을 처음부터 다시 쓰기로 했다. 결국 논문은 아직까지도 완성이 안 된 상태였다.

왜 그랬을까. 그는 '잘' 해내지 못할 바에는 아예 하지 말아야 한다고 굳게 믿고 있었기 때문이다. 말하자면 그는 최고, 최선, 그리고 승자가 되어야 한다는 사고방식의 희생자인 셈이다.

이런 사고방식은 의외로 널리 퍼져 있다. 여기서는 둘째가 되는 것을 중요하게 여기지 않는다. 끝까지 해내는 것이 뛰어나게 잘해 냈을 때만큼의 만족을 가져다줄 수 없다고 믿는다. 그 결과, 재능 있고 열심히 일하는 대부분의 사람들은 둘째가 되는 것을 포기함으로써 그들의 기술에 대한 자신감을 잃고 유머 감각까지 잃어버린다. 정말 안타까운 일이다.

성공의 수준에 개의치 말고 일단 시작한 것을 마쳐라. 여러 번의 실수와 충분한 피드백을 통해 당신은 결국 훌륭한 수행의 비밀을 발견할 것이다. 그리고 자기수용과 함께 상승하는 수행자 신감을 얻게 될 것이다.

큰일도 작게 쪼개서 완성하라

일반적으로 사람들은 사소하고 작은 일은 가볍게 해내는데, 큰일은 끝내지 못하고 남겨두는 경향이 있다. 물론 항상 그런 것은 아닐 것이다. 예컨대, 아이들은 반복해서 주의를 주지 않으면 몇 분 걸리지 않는 쓰레기통 비우기나 개에게 밥 주는 일을 종종 잊는다. 그러나 대체로 보면 빨리 완성할 수 있는 일은 금방 끝내려고 하면서도 며칠, 혹은 몇 년이 걸리는 일들은 뒤로 미룬다. 예를 들어, 가정주부들은 매일 식사 준비를 하지만 며칠, 몇 주일이 걸릴 수도 있는 봄맞이 집안 대청소를 시작하는 데는 능장을 부린다.

수행자신감을 얻기 위해서는 이렇게 하면 안 된다. 어느 부분에서 뛰어난 기술을 갖고 있더라도 일을 끝맺지 못한다면 불행에 빠지고 욕구 불만에 빠진다. 자신의 게으름을 증명하는 것이나 다름없다. 그럼 시작한 일을 끝내려면 어떻게 해야 할까.

가장 좋은 방법은 막막해 보이는 큰일을 포기하지 않을 정도로 작게 쪼개서 일하는 것이다. 심리학자들의 연구에 따르면, 시간이 오래 걸리는 일을 할 때에는 몇 단계, 또는 몇 가지 과정으로 나누어서 하는 편이 한꺼번에 끝내려는 것보다 성공 확률이 높다고 한다.

긴 문장의 시가 있다고 하자. 이 시를 외우려면 어떻게 해야 할까. 한꺼번에 통째로 암기하는 게 나을까, 아니면 몇 개의 연으로 나누어 외우는 것이 쉬울까. 당연히 후자의 방식으로 하는 것이 쉽다.

천 페이지 분량의 책을 읽는다고 하자. 이때, 하루에 10페이지씩 나누어 읽으면 1백 일 동안 즐겁게 읽을 수 있지 않을까. 그러면 1년 동안 그런 부피의 책을 3권 읽을 수 있고, 그러고도 시간이 남는다. 이 책 역시 내가 전에 썼던 13권과 마찬가지로 하루에 한 페이지씩 쓰여졌다. 이런 식으로 나는 지난 12년간 일년에 한 권 정도의 책을 펴낼 수 있었다.

나와 상담한 수많은 사람들이 이런 방식으로 집을 수리하고 욕실에 환풍기를 달고 자동차의 오일을 교환하고 크리스마스카드를 썼다. 너무나 간단하고 쉽고 또 힘들지 않는 이런 일까지 가르쳐야 한다는 게 그저 놀라울 뿐이다. 그러나 나는 그것을 가르칠 의무가 있다.

크리스마스카드를 쓰거나 자동차의 오일을 교환하는 일은 너무나 사소할 일이라고 여기는 사람도 있을 것이다. 물론 세상을 뒤흔들 만한 큰일은 아니다. 하지만 당신이 날씬한 몸매를 유지하기 위한 운동 프로그램에 이 기법을 사용해 본다면 어떨까. 매일매일 규칙적으로 조금씩 운동하는 것이다. 처음에는 몇 분 동안 하다가 몇 주일이 지나면 팔굽혀펴기, 무릎 구부리기까지 하게 될 것이다. 이렇게 조금씩 계속하다 보면, 결국 지금보다 훨씬 날씬한 몸매를 갖게 될 것이다. 적어도 여성들에겐 목숨을 구하는 것만큼 중요한 일이라고 여기는 일이 아닌가.

더욱이 목표를 향해 조금씩 전진하다 보면 수행훈련에서 오는 또 다른 보상도 받게 된다. 바로 일상생활에서 근심걱정이 점차 줄어든다는 사실이다. 작은 일에 도전하고 하나씩 정복해 나감으로써 인내하는 습관도 갖게 된다. 완벽함에 이르지 못했다고 해서 포기하지도 않게 된다. 그야말로 당신은 자신의 삶에 보다 편안함을 느끼게 된다.

장애자 올림픽이 열리는 이유도 바로 여기에 있다. 참가자들은 휠체어를 타고 달리며 목발을 짚고 마라톤 경주에 출전한다. 재미만을 목적으로 하는 것이 아니다. 장애를 극복하면 인생이 더 이상 두렵지 않기 때문이다. 그 결과, 그들은 스포츠자신감 *sports-confidence*을 점차 자기 자신 전체의 자신감으로 발전시킨다. 그리고 가장 자랑스러운 순간이 다가온다. 바로 그들 인생 전체의 승리인 것이다.

똑같은 실수를 반복하지 마라

자신감을 높은 수준까지 발달시키기 위한 네 번째 기법은 경험에서 배우는 것이다. 이 방법은 실제로 사람들이 뭔가를 배울 때 사용하는 유일한 방법이다.

아주 간단한 일이 아니라면 한 번에 실수 없이 따라하기란 쉽지 않다. 물론 처음 피아노 앞에 앉은 장님 소년이 아무도 가르쳐주지 않았는데도 처음 듣는 음악을 정확하게 연주한 예가 있긴 하다. 이 경우는 우리가 쉽게 이해하기 어려운 천재의 경우이다. 대부분의 사람들은 몇 번 혹은 수천 번 반복 연습을 해야만 어떤 일을 제대로 해낼 수 있는 능력이 생긴다.

여기서 유의해야 할 점이 있다. 반복하는 것이 향상을 가져오는 절대적인 요소는 아니라는 사실이다. 사실 하나의 업무를 계속해서 반복하고 죽을 때까지 똑같은 실수를 몇 번이고 되풀이하면 완벽하게 숙달된다. 연습만으로는 완벽하게 되지 않는 것이다. 오직 연습을 통해 배울 때에만 숙련가가 된다.

연습을 통해 배운다는 것은 자신의 수행을 매우 주의 깊게 연구하고, 그 장점과 약점을 분석하고, 다음 번에 그 수행을 어떻게 바꿀 것인지를 결정하는 것이다. '연습은 완벽함을 만든다'는 속담이 있는데, 이 속담은 '실수를 분석하고 새로운 행동을 연습해 나가면 완벽함에 더 가까이 다가설 수 있다'라고 바꿔어져야 옳다고 본다.

왜 그럴까. 여러분들은 얼른 이해가 가지 않을 것이다. 하지만 분명히 향상의 본질은 그곳에 있다. 지금 이 책을 읽고 있는 여러분들은 최근에 실수를 저지른 경험이 있을 것이다. 그 실수가 대단한 일인지 아닌지는 중요하지 않다. 그보다는 무엇을 잘못했는지, 그리고 다음번엔 무엇을 해야 할지 메모를 해둔 사람이 거의 없다는 점이다. 많은 사람들이 자신의 경험을 분석하지만 이제껏 부정적인 경험 때문에 그다지 많이 변화하지 않는 것도 바로 이 때문이다.

지금까지 나는 수많은 재혼한 커플들과 상담했는데, 대개의 경우 그들은 처음 결혼한 배우자와 같은 종류의 사람들과 재혼하는 경향을 보여준다. 또 우리 주변에는 자신의 나쁜 행동을 고치지 못해서 친구를 잃는 사람들이 한둘이 아니다. 그리고 많은 사람들이 직장에서 업무 처리를 느리게 하거나 틈만 나면 잡담하는 등 나쁜 습관을 고치지 못해서 어려움을 겪고 있다.

아니, 얼마나 많은 사람들이 술과 담배, 쇼핑, 섹스에 중독되어 있는가. 그런 충동적인 행동이 자신에게 해가 된다는 것을 잘 알면서도 그만두질 못한다. 얼마나 많은 이들이 동료나 가까운 사람들의 이름을 기억하지 못해 애를 먹으면서도 기억력을 향상시키기 위한 어떠한 노력도 기울이지 않는가. 예를 들자면 정말 한이 없다.

우리가 경험 속에서 자신이 잘한 것과 잘못한 것이 무엇인지 따져 보며 고치려 하지 않는다면 다음번에 어떻게 더 나은 행동을 할 수 있겠는가. 그저 경험을 하고, 그 결과를 감수할 뿐 행동을 변화시키지 않으면 똑같은 실수를 되풀이하게 된다.

지혜로운 사람들은 그렇게 하지 않는다.

지혜롭다는 것은 문제가 있는 행동에 대해 차분히 생각하면서 주의 깊게 분석하고, 잘못이나 문제점을 찾아내어 똑같은 실수를 반복하지 않도록 노력하는 것을 뜻한다. 그러나 이것은 상당한 노력이 필요하다.

피드백을 연구하라

보통 우리는 변화를 위해서 무엇을 해야 할지 생각한다. 하지만 정확히 문제가 무엇인지, 그리고 다음번에 무엇을 해야 할지에 대해 주의 깊은 연구를 하지 않는 편이다. 그러므로 당신이 오늘 어떤 실수나 잘못을 저질렀는지를 알고 있다면 잠시 하던 일을 멈추고 그것을 쉬운 말로 표현해 보라.

예를 들어 보자. 언젠가, 나는 세일즈맨으로 근무하는 젊은 남자와 상담을 한 적이 있었다. 그는 입 냄새가 심해서 고객을 만날 때면 늘 구취 제거제를 갖고 다닌다고 했다. 한번은 어느 고객의 사무실에 들어서려다가 구취 제거제를 찾았는데 주머니에 없었다. 차에 되돌아가 트렁크를 뒤졌지만 보이지 않았다. 곰곰이 생각해 보니, 지난번에 마지막으로 사용하고 나서 재킷 주머니에 그냥 넣어둔 것이 생각났다. 하지만 오늘 따라 옷을 갈아입었고 그 재킷은 집에 있었다.

이 경우에, 그는 적어도 문제가 무엇인지를 알고 있는 사람이다. 그렇다면 그는 똑같은 실수를 되풀이 하지 않기 위한 방법을 찾아야 한다. 예컨대, 구취 제거제를 두 개 구입하여 하나는 서류 가방에, 또 하나는 차 속에 넣어두면 된다. 하지만 그는 그것으로 충분치 못하다는 것을 깨달았다. 왜냐하면 서류 가방이든, 차 속이든 사용하고 나서 주머니에 그냥 넣어두는 경우가 있었

124

기 때문이다. 다시 말해서, 옷을 벗어서 옷장에 넣어두기 전에
주머니를 체크하는 게 가장 현명한 방법이었던 것이다. 결국 그
는 옷장에 옷을 걸기 전에 항상 바지나 재킷주머니를 톡톡 쳐보
기로 결심했다. 그 뒤부터는 구취 제거제를 찾느라고 고생하는
일은 없다고 했다.

　또 다른 예를 들어보자. 매사를 자신의 기억에만 의존하려고

하는 사람이 있었다. 그는 무척 바쁜 사람이었다. 때문에 이런저런 일들로 정신이 산란해질 때가 많았고, 곧잘 건망증으로 해야 할 일들을 잊곤 했다.

나는 그에게 아주 간단한 해결책을 생각해 보라고 했다. 며칠 후, 그는 메모지를 갖고 다니는 것보다 휴대전화기를 갖고 다니는 게 훨씬 효과적이라는 점을 생각해냈다. 자신이 기억해야 할 내용들을 자동응답기에 녹음해 두고 비서로 하여금 그것을 메모해서 그의 책상에 놓아두는 방법이었다. 그 후, 그는 한번도 자신이 해야 할 일을 잊은 적이 없었다.

이제 당신 차례이다. 똑같은 방식을 당신의 일반적인 성장과 감정 통제에 적용해 보라. 우울하거나 열등감, 죄의식, 분노, 질투를 느낄 때마다 똑같은 원리를 적용하는 것이다. 무엇 때문에 그런 상황이 일어났는지, 똑같은 일이 또다시 일어나지 않게 하려면 무엇을 해야 하는지를 자기 자신에게 물어 보는 것이다. 이런 식으로 접근하다 보면, 당신은 조금씩 성숙하고 성격 또한 좋아지는 걸 느낄 것이다.

화가 나서 어떤 실수를 저질렀을 때 '그렇게 행동하지 말걸. 다시는 안 그래야지' 하고 생각하거나 말만 한다고 해서 행동이 바뀌는 것은 아니다. 그것만으로는 안 된다. 예컨대, 이런 식으로 생각해 보면 어떨까.

"그때 너무나 화가 났다. 하지만 다시는 그런 일이 일어나지 않았으면 좋겠다. 그러려면 그때 나는 왜 화를 냈는지, 나를 화나게 한 일은 무엇인지를 다시 한번 따져보자. 나는 사장님에게 토요일엔 쉬고 싶다고 말씀드렸는데, 사장님은 나의 제안을 받아들이지 않았다. 나는 왜 못 들어 주냐고 따졌지만 사장님은 여전히 안 된다고 말씀했다. 내가 화를 낸 것은 사장님이 내 말을 들어주지 않기 때문이다. 하지만 내가 원한다고 해서 모든 것을 가질 수는 없지 않은가. 또 모든 사람이 나를 공평하게 대할 수도 없을 것이다. 아니, 뭔가를 원한다고 해도 그것을 꼭 가질 필요는 없다. 나는 어린아이도 아니고, 더군다나 경영주가 아니다. 다른 사람 역시 내 말을 들어주거나 거절할 권리를 갖고 있지 않은가."

여러분은 이 두 가지의 차이점이 어디에 있는지를 쉽게 알 것이다. 전자의 경우에는 문제를 나타낼 뿐이지만, 후자의 경우에는 문제와 함께 그럴듯한 해결책까지 제시하고 있다. 물론 그럴듯한 해결책이 효과가 없다면, 처음부터 다시 시작하여 당신에게 맞는 해결책을 찾을 때까지 전체 문제를 다시 훑어보는 게 필요하다. 그렇게 하는 편이 실수를 줄이고 수행자신감을 기르는 데 도움을 준다. 그리고 삶에 대한 자신감이 커지고 열등감도 줄어들게 된다.

무슨 일이든 일단 당신의 실수를 메모하라. 그리고 더 이상 실수를 하지 않기 위해 무엇을 할 것인가를 생각해 보라. 계획을

세우고 그 계획을 실행하라. 화가 날 때마다 이 방식을 적용하다 보면, 머지않아 능력 있는 모습으로 변한 자신의 모습을 보고 놀라게 될 것이다.

때로는 자신을 칭찬하라

일을 계획하고 실천하는 도중에 지루하다고 해서 포기하지 마라. 그것은 일에 대한 동기를 저하시킨다. 아니, 지루해질 것에 미리 대비하라.

당신이 몇 달 혹은 몇 년간 어떤 일을 배워야 한다면, 지루함은 피할 수 없을 것이다. 그런데 지루함을 피하려면 먼저 지루함이 무엇인지를 알아야 한다.

지루함은 어떨 때 생기는 것일까. 어떤 행동의 보상이 없으면 지루해진다. 즐겁고 재미있고 기쁘다면 지루함은 사라질 것이다. 그러므로 당신이 어떤 일을 그만두고 싶을 때, 지금까지 성취한 것에 대해 스스로를 보상하라. 그리고 당신에게 효과가 있는 방식으로 이 일을 하라.

예를 들어, 봄을 맞아 집 안의 모든 방을 칠한다고 하자. 칠하는 게 너무 지루해서 계속하기 어렵다고 생각되면 잠깐 그 일을 멈춰라. 그리고 지금까지 해놓은 일에 대해 긍지를 느껴라. 방

하나의 한쪽 벽면만을 겨우 칠했다고 하더라도 조금씩 일이 완성되어가고 있는 것이다. 지루한 순간에 휴식을 취하는 것도 자신에게 보상하는 일이다.

지루함을 무시하고 일을 계속하는 것은 현명하지 않다. 왜냐하면 당신이 즐거워하거나 대수롭지 않게 여겼던 일에 대해 부정적인 생각을 갖게 만들기 때문이다. 만일 그런 식으로 자주 일을 한다면 결국에는 그 일을 끝내지 못할 것이다.

방 하나하나를 칠할 때마다 자신에게 특별한 즐거움이나 보너스를 주는 것은 어떨까. 그렇게 하다보면 당신은 자신에게 보다 높은 동기를 유발할 수 있고 그것 때문에 칠하는 일을 모두 끝마칠 수 있을 것이다. 그러므로 이제부터라도 방 하나를 마칠 때마다 하룻밤을 쉬어라. 멋진 식사를 하거나 외출하거나 당신이 즐기고 싶은 일을 하라. 물론 최상의 보상은 물질적인 것이 아니라 칭찬의 말이다. 당신 자신에게 만족스러운 말을 한다면 돈을 쓰지 않고도 효과적으로 보상할 수 있는 것이다.

지루함을 느낄 때마다 자기 자신에게 이렇게 말하라.

'나는 매우 잘하고 있다. 지금 당장 지루하더라도 이것이 영원히 계속되지는 않을 것이다. 곧 이 지루함에서 벗어날 수 있을 것이다. 아니, 이 일은 분명 나를 더 나은 인간으로 만들 것이다. 그동안 수없이 포기하고 싶었지만 나는 그 유혹에 굴복하지 않았다. 나는 열심히 일하는 사람이다. 나는 정력을 가졌다. 쉽게

체념하는 사람이 아니다.'

그러고 나서 짧은 휴식을 취하라. 하루 정도 쉬어도 좋다. 물론 휴식이 끝나면 다시 칠하는 일을 계속해야 한다.

이렇듯 긍정적인 자기대화self-talk가 과연 효과가 있을지 궁금해 하는 사람들이 많은데, 실제로 해보면 강력한 힘을 발휘한다는 것을 느낄 것이다. 심리학자들의 연구에 따르면, 부정적인 말은 행동을 약화시키고, 긍정적인 자기보상은 행동을 강화한다. 물론 여러분 중에는 어느 누구도 "나는 페인트칠하는 것을 더 이상 참을 수 없어. 이 어리석은 짓을 계속할 수 없어. 내가 이 일을 끝낸다고 해도 별로 좋아지지도 않을 거야. 나는 페인트칠을 잘하지 못해" 라고 말하면서 스스로 사기를 저하시키는 사람은 없을 것이다. 높은 동기가 있을 때, 더 열심히 일하고 더욱 훌륭한 수행을 이룬다는 것을 기억하라. 그것은 당신에게 우월감이 아닌 수행자신감을 변화시켜준다.

자신을 벌하라

그렇다면 일을 제대로 하지 못했을 때는 어떻게 할까. 일을 잘했을 때 자신에게 보상하는 것이 중요한 것처럼, 일을 제대로 하지 못했을 때에는 벌을 주라. 자신을 보상하고 벌을 주는 것은 똑같이 중요하다. 부정적인 결과가 눈앞에 있는 데도 상관하지 않는다면 부정적인 결과를 초래하고 있는 것이나 다름없다.

무슨 일이든, 어떻게 반응하는가에 따라 그것을 장려하거나 강화한다는 점을 항상 기억하라. 어떤 사건에 전혀 반응을 보이지 않는다 할지라도 당신은 그것에 다소 영향을 끼치고 있다.

어떤 행동에 대해 아무것도 하지 않는 것은 때때로 그것을 수긍하는 것으로 받아들여질 수 있다. 예컨대, 자녀들의 방이 지저분하게 어지럽혀졌다고 하자. 이때 당신이 모르는 체한다면 지저분해도 좋다는 견해에 동의하는 셈이 된다. 다시 말해서, 당신이 자신의 부정적인 행동을 모르는 체하는 것은 그것에 동의하는 것과 마찬가지란 뜻이다. 잘못을 그대로 두고 지나치다 보면 또다시 잘못을 저지른다. 따라서 벌이 필요하다. 벌은 보다 단련되고 자신감을 갖기 위해, 그리고 더 많은 실수를 줄이기에 충분할 만큼 적용되어야 한다.

만일 당신이 매일 일정한 시간에 운동을 하겠다고 계획을 세웠는데 실천하지 못했다면 그냥 지나치지 말고 자신에게 벌을 주도록 하라.예를 들어, 쉬어야 할 시간이지만 운동을 하라. 그래도 뒤로 미루는 습관이 고쳐지지 않는다면 좀더 어려운 일을 자신에게 부과하라. 참석하기로 마음 먹었던 파티에 가지 않든가, 쓰레기통을 씻는 것과 같은 허드렛일을 하라. 만일 가계부가 적자 난 것을 무시하고 돈을 너무 많이 썼다면 그 달의 가계부를 정리할 때 계산기 대신 수작업으로 계산하라. 머릿속으로 더하기 빼기 등 셈을 하다보면 짜증이 나겠지만, 그 작업이 당신의 문제를 치료해 줄 것이다.

혹 과식해서 몸무게가 늘어난 적이 있는가. 그렇다면 그 벌로 일 주일 동안 칼로리를 많이 내지 않는 담백한 음식을 먹어라. 장애자나 생활 형편이 어려운 사람들을 찾아가 부엌에서 접시 닦는 벌을 내릴 수도 있을 것이다.

인지-정서-행동치료의 창시자인 엘리스 박사는 좋지 않은 일을 했을 때, 자신이 싫어하는 단체에 많은 기부금을 보내거나 그 단체에서 하는 일에 대해 따뜻한 칭찬의 편지를 쓰는 벌을 내리라고 제안하기도 했다.

진정한 아름다움은 자기수용에서 찾아라

오늘날 사람들은 외모를 가꿀만한 시간적, 경제적 여유를 갖게 되자 건강 문제, 특히 젊음과 아름다움을 유지하기 위해 많은 에너지를 쏟고 있다.

확실히 아름다운 얼굴은 모든 사람들이 실제적으로 추구하는 목표이다. 그것은 대개 10대부터 시작된다. 그리고 매력적인 외모나 몸매를 지닌 사람들은 우월감을 느끼고 다른 사람들보다 더 나은 사람이라는 믿음까지 갖는다.

그러나 세상에는 타고날 때부터 아름다운 사람보다 그렇지 않은 사람이 더 많다. 대부분 영화배우를 할 만큼 외모가 뛰어나지 못하고, 뭇사람들의 시선을 끌 만한 몸매를 갖고 있지도 않다. 때문에 만일 당신이 이런 신체적 특징 때문에 가치 있는 사람이라고 여긴다면 평생 자의식이 강한 사람으로 살게 될 것이다. 하지만 정신적으로는 건강하지만 아름다운 신체나 얼굴을 갖지 못한 사람들은 얼마든지 있다.

그렇다면 그런 사람들을 '아름다운 사람'이라고 생각하게 만드는 것은 무엇일까. 그저 그런 보통의 외모를 가진 사람을 매력적이고 잘생긴 사람으로 바꾸는 것은 사회적 자신감이나 내적 평화*inner peace*이다. 립스틱, 파우더 등 화장품이나 머리 손질하는 헤어 아이언을 사용하지 않고도 자신에게 편안함을 느끼는 이 특징은 다른 사람들로 하여금 그를 아름답고 잘생긴 사람으로 보이게끔 해주는 힘이 있다. 그것은 겉모습에서 발견되는 것이 아니라 깊은 내면으로부터 나온다. 얼굴이나 몸매가 매력적으로 보이지 않더라도 사람들로 하여금 너그럽게 볼 수 있도록 한다. 그리고 편안하게 느끼게 해주며 항상 아름답게 생각하도록 만든다.

아름다움에 관한 가장 중요한 비밀은 다른 어떤 것에도 의존하지 않는 자기수용이다. 아름다움은 항상 거기에 있다. 그것은 어떤 사람이 뛰어난 일을 했다고 해서 증가하는 것도 아니고 심하게 주저한다고 해서 감소하는 것도 아니다. 숨겨진 아름다움의 비밀은 향수병이나 값비싼 의상에서 발견되는 것이 아니다. 그것은 당신을 있는 그대로 수용하는 것으로부터 나온다.

자기수용을 하는 사람들과 함께 있으면 매우 편안하다. 방어적이지 않고 늘 자신을 열어 두고 있기 때문이다. 우월감을 느끼기 위해 남의 단점을 찾아내려 하지도 않는다. 그들은 자기판단 *self-judging*을 하지 않기 때문에 우월감을 느낄 필요가 없다. 추운 겨울철에 감기에 걸리지 않도록 몸을 감싸주는 부드럽고 따뜻한 스웨터와 같은 온기만을 내뿜는다. 자기평가를 하지 않음으로써 내적 평화가 발달하는 것이다.

아름다움의 비결은 바로 여기에 있다. 나이가 든다고 아름다움이 사라지는 것도 아니다. 부유하거나 가난한 것으로 비교되는 것도 아니다. 내적 아름다움은 항상 존재하며 인간적 한계를 느끼지 않게 한다. 인간의 한계와 연약함을 있는 그대로 받아들이기 때문이다.

아름다움은 최상의 빛을 발한다. 그 아름다움은 결코 죽지 않는다. 그러므로 당신이 진정한 아름다움을 갖기를 원한다면 자신에 대해 편안하고 안정적으로 느끼도록 노력하라. 사람들은 그런 내적인 아름다움을 사랑하고 그 아름다움 때문에 당신을 사랑하게 될 것이다.

용기 없는 사람은 미인을 손에 넣지 못한다

자신감을 키우는 데는 무엇보다 모험심이 필요하다. 모험심 없이는 자신감이 생겨나지 못한다. 결국 훌륭한 일을 해내지도 즐거움도 얻지 못한다.

작은 자본을 좋은 아이디어에 투자함으로써 결국 백만장자가 된 사업가의 경우를 생각해 보자. 그들은 어떻게 부자가 되었을까. 바로 용기가 성공의 열쇠였다고 말할 것이다.

영화산업을 시작했던 사람들은 처음에 바보 취급을 당했다. 자동차산업과 켄터키 프라이드 치킨도 마찬가지다. 콜로넬 샌더스도 퇴직금을 털어 회사를 차렸다. 맥도날드, 해피 조, 도미노 피자, 베네통 등 전 세계의 수많은 회사들의 창업도 이와 비슷하다. 좋은 아이디어가 있다면 위험을 무릅쓰고 자본을 투자했으며 열심히 일해서 성공한 것이다.

최고가 되기를 바라면서도 공포감 때문에 시도조차 하지 않는 사람이 있다. 그들은 일단 목표를 낮게 잡는다. 그리고 처음에는 안도감을 느끼지만 나중에는 후회한다.

똑똑하고 재능이 있으면서도 시작 단계에서 진로를 포기해 버린 사람들과 상담을 할 때는 마음이 아프다. 그들은 대학에 진학할 만큼 머리도 좋고, 전문적인 직업을 가질 수 있는 능력과 기회도 있었다. 하지만 그들은 자신의 능력에 대해 믿음을 가질

135

수가 없었다. 그래서 대학과 대학원에 진학할 용기를 내지 못했
다. 그리고 낮은 지위에서 오랫동안 열심히 일하고 나서야 진학
할 때 용기만 있었다면 높은 지위를 성취할 수 있었음을 조금씩
깨닫는다. 그런 사람들 중에는 변호사나 의사가 되기 위해 뒤늦
게 공부하고자 학교로 되돌아오는 사람들이 있다. 또한 자신이

실제로 갖고 있는 능력보다 못한 현장에서 수년간 좌절을 겪다가 경영대학원으로 되돌아와서 빛을 본 중간 관리자들도 있다. 원대한 사업 구상을 하고 실행하는 것을 두려워하는 사람들이 있는 반면에 성공한 사람들은 더 나은 직업을 구하는 일에 열성적이다. 간호사들은 어떨까. 여성도 남성들처럼 마음만 먹으면 의사가 될 수 있다. 구 소련의 경우, 서방 어느 나라보다도 여의사의 비율이 높았다. 여성들도 위험을 무릅쓰고 쉬운 일에 안주하지 않는다면 위대한 일을 이루어낼 수 있는 것이다.

모험심 없는 사람들은 애인을 사귀는 일에도 어려움을 겪는다. 그래서 그들은 홀로 외로워하면서도 거절 당할 것이 두려워 마음에 드는 사람에게 데이트 신청도 못한다. 용기를 내서 무도회에 가더라도 춤을 추자는 말을 건네지 못한다. 쓸쓸히 홀로 집에 머물지라도 친구들을 초대해 파티를 열자고 제안하지 않는다. 모두 다 상상 속의 공포와 거절당했을 때의 참을 수 없는 고통을 피하기 위한 것이다.

이 얼마나 슬픈 일인가. 참으로 자기 자신에게 상처를 입히는 것이다. 그들은 '이 딱딱한 껍질을 깨고 밖으로 나가 친한 친구를 몇 명 사귀면 귀찮고 힘들 거야' 라는 생각부터 갖는다. 자신만의 벽 속에서 혼자 산다 해도 힘들기는 마찬가지라는 사실을 잊고 있는 것이다.

고통은 어떤 결정을 하든지 지불해야 하는 대가이다. 불행히도 그들은 위험을 무릅쓰고 세상으로 나와야 고통이 줄어든다는 사실을 인정하지 않는다. '겁쟁이는 수천 번 죽는다' '용기 없는 사람은 미인을 손에 넣지 못한다'와 같은 속담들을 떠올려 보라. 그리고 세상으로 나가 보라. 고통을 넘어선 해방의 바람을 맞을 수 있을 것이다.

자기훈련을 통해 자신감을 키워라

자신감을 느낄 때까지 하나의 기술을 습득하기 위해 얼마나 많은 노력을 들여야 할까. 당신은 스포츠나 직업의 업무 수행에 필요한 기능을 익히기 위해 하루에 몇 시간씩 투자하고 있는가. 명문 대학에 들어갈 정도로 높은 점수를 얻으려면 얼마나 열심히 공부해야 할까. 훌륭한 예술가가 되기 위해 얼마나 많이 연습해야 하는가. 그리고 건강을 유지하려면 얼마나 많이, 자주 운동해야 하는가.

보통 사람들은 특정한 기술 분야에서 달인이 되기 위해 기술을 연마하는데 걸리는 시간을 과소평가하는 경향이 있다. 무슨 일이든, 능숙하게 하려면 오랫동안 많은 노력을 기울여야 한다는 점을 받아들이는 사람들이 드물다.

고교생들을 예로 들어 보자. 그들은 숙제를 성실하게 하지 않고도 외국어나 수학, 물리 같은 과목들을 질할 수 있다고 생각한다. 그리고 학교에서 수업하는 것과 집에서 30분 남짓 숙제하는 것만으로 좋은 성적을 받기를 기대한다. 많은 학생들이 자신의 기억력만 믿고 제대로 공부하지 않은 채 시험을 치룬다.

나는 상담하러 온 학생들에게 공부를 잘하려면 하루 2~4시간 정도는 자습해야 한다고 강조한다. 어떤 학생들은 이 말이 쇠망치로 머리를 내리 치는 소리처럼 들렸다고 했다. 그들은 인생의 모든 것이 쉽게 이루어진다고 생각하는 것 같았다.

그 동안의 경험으로 보면, 비교적 동양 출신들이 이 점을 잘 이해하고 있는 것 같다. 미국의 영문철자법 경시대회에서 수석을 차지한 사람은 다름 아닌 동양인 학생이었다. 대학원 과정의 의학, 물리학, 수학 분야에서 뛰어난 성적으로 장학금을 받는 학생들 상당수가 동양인 출신이다. 그들 중에는 바이올린, 첼로, 피아노와 같은 악기 연주에서도 뛰어난 재능을 보여준다. 그야말로 이민을 왔다고 생각할 수 없을 정도이다. 낯선 문화에 적응하고 새로운 언어를 배우고 학교에서 미국인과 경쟁해야 하는 과제가 그들 앞에 놓여 있기 때문이다.

그들은 분명히 자기훈련*self-discipline*을 두려워하지 않는다. 그들의 부모는 훌륭한 직업 기회를 제공하고 열심히 노력하기만 하면 무엇이든지 가능하다는 생각을 자식들에게 심어 줄 수 있는 미국에 감사해한다.

적당한 수행훈련은 미국이 세계를 리드하고 경쟁자가 없었던 때까지만 해도 알맞은 합리적인 태도였다. 그러나 이제 독일과 일본은 기술면에서 미국을 능가하고 있다. 따라서 우리는 이전에 생각해 본적이 없던 수행훈련의 정도를 개발해야 한다. 그렇지 않으면 그들 나라보다 우리의 직업자신감*career-confidence*은 약화될 것이다.

　일본의 경우를 보자. 그들은 학생들에게 최선을 다해 노력하는 것을 첫 번째로 가르친다. 하루에 4시간씩 숙제나 자습하도록 격려한다. 학교 수업은 토요일에도 이루어진다. 결국 일 년에 열 달을 공부하는 셈이다.

　하지만 너무 지나치게 열심히 일하거나 공부하지는 마라. 탁월한 능력을 갖기 위해 자신을 죽이는 것은 어리석은 짓이다. 자기자신감을 얻을 수 있을 만큼 자신의 능력을 키우기 위해 최선을 다해 보라는 말이다.

Overcoming the Rating Game

B e y o n d   S e l f - L o v e   B e y o n d   S e l f - E s t e e m

다섯 번째 이야기

사람들이 당신을 존중하게 하라

사소한 문제에도 단호해야 한다

세상을 살아가면서 우리들이 느끼는 여러 감정의 문제를 생각해 보자. 가장 고통스러운 것은 무엇일까. 아마도 사람과 사람 사이의 관계에서 생겨나는 문제들일 것이다. 그 중에서 가장 나쁜 것은 과도한 수동성이다. 그러므로 다른 사람에 의해 지배당하지 않는 것이 가장 중요하다.

우리 모두는 행복한 사람이 되고 싶어 한다. 누구도 감정적으로 괴로움을 당하고 싶지 않을 것이다. 그렇다면 이 '단호함'에 대한 훈련에 주목하라. 단호함 없이 자기수용의 건강한 감정을 갖는다는 것은 거의 불가능하기 때문이다.

이제부터 단호함의 과정에 대해 살펴 보자. 여기서는 유명한 심리학자였던 고故 스키너 박사가 가르쳤던 효과적 조건형성의 원리와 합리-정서적 치료를 강조하는 인지-행동원리에 기반을 두고 설명하기로 한다.

이 설명을 읽다 보면, 여러분은 자기가 그동안 소중하게 믿고 살아왔던 것을 의심하게 될 것이다. 하지만 실망하지 마라. 나의 견해를 거부하기 전에 이 장을 한 번이 아니라 여러 번 읽어보라. 물론 나의 생각을 시험해 보라. 단계적으로 시작하고 사소한 문제들에 단호해지는 법을 배워라. 나중에 당신은 삶에서 가장 골치 아픈 문제들을 다룰 수 있게 될 것이다. 그렇게만 된다면 당신은 자신과 다른 사람들에게 크게 기여하게 될 것이다.

왜 여성들에게 수동적 삶이 많을까

심각할 정도로 수동적인 사람들의 사례를 생각해 보니, 많은 사람들이 떠오른다. 어린아이부터 성인에 이르기까지 많은 사람을 상담해 왔지만 성인 여성의 수가 압도적으로 많았다. 이것은 여성들이 남성들에게 물질적으로 의존하는 경우가 많고 남성들보다 육체적으로 약하기 때문이리라.

여성은 어머니나 할머니로부터 행복한 결혼생활을 꾸려가려면 남편에게 많은 것을 양보해야 한다는 가르침을 받으면서 자라왔다. 그리고 대부분 조정자나 중재자의 역할이 주어진다. 사실 얼마 전까지만 해도 일반 가정에서는 교육의 기회조차 불평등하게 주어졌다. 보통 아들이 우선이고, 딸은 뒷전으로 밀리는 경우가 많았다. 따라서 여성들은 사회적인 약자로 남겨질 수밖에 없었다.

문제는 그런 여성이 결혼하여 아이를 낳고 돌보는 일을 맡으며 집안 살림을 하다보면 완전히 남편의 노동력에 의존할 수밖에 없다는 점이다. 이 때 남성들은 자신들이 결혼생활의 주도권을 완전하게 쥐었다고 생각하는데, 만일 아내가 결혼생활에 불만이 있어 새로운 계획을 세운다고 해도 겁을 내지 않는다. 자기의 경제적 지원 없이 아내가 자립할 경제력이 없다는 것을 알기 때문이다. 결국 아내는 남편의 뜻을 받아들이는 편이 결혼생활을 평탄하게 하고 아이들에게 안정을 줄 것이라고 생각하면서 그냥 살 수밖에 없었던 게 현실이다.

사실 이런 남녀차별적 요소들은 상당히 오래 전부터 계속되어 왔다. 그리고 다양한 형태로 결합하여 많은 여성을 수동적이고 의존적인 상태로 만들었다. 가장 심각한 사실은 간통과 아이들에 대한 성적 학대, 혹은 자기 자신에 대한 육체적 학대까지도 묵인한다는 점이다.

참을 수밖에 없는 여성들

10대 아들의 잘못을 야단치려고 하다가 상처만 입은 한 여성이 있었다. 그녀는 아들이 크게 잘못한 일을 두고서 며칠 고민하다가 야단치기로 했다. 그런데 막상 아들을 야단치려고 하자 곁에 있던 남편이 못하게 했다. 아들이 보는 앞에서 그녀의 뜻이 일언지하에 묵살당한 것이다. 결국 아이는 엄마를 우습게 여기게 되었고 그녀는 절망에 빠지고 말았다. 이제 그녀는 아들이 자기 말을 들으려 하지 않을 뿐더러 엄마로서 존경하지 않는다 해도 상관하지 않을 정도로 상처를 입고 말았다.

나는 그녀와 여섯 번 정도 상담을 하고 포기했다. 그녀의 남편이 치료받으려고 하지 않는 한 그 어떤 것도 불가능하기 때문이다. 그녀에겐 참고 사는 것 외에 달리 방법이 없었다. 남편에게 반항해서 생길지도 모를 모든 일들을 참아 낸다는 게 이제껏 수동적으로 살아온 그녀로서는 너무나 힘겨운 일이었다.

이번에는 아버지에게 학대받고 지배당해 오던 한 여성의 경우를 보자. 그녀의 남편은 매우 자상한 사람이었다. 하지만 그녀는 직장에서 일하면서 청소년 때처럼 여전히 수동적으로 일하고 있는 자신을 발견했다.

예를 들어, 일찍 퇴근한 동료 책상으로 전화가 걸려 왔다. 그녀는 다른 사람에게 그 전화를 받아도 되는지 허락을 받고나서야 겨우 전화를 받는다. 또 자신이 맡지 않은 일을 부탁받아도 아무 말 없이 들어준다. 일찍 출근하고 늦게 퇴근하라는 요구도 그대로 받아들이고, 집에 가져가서 해오라는 말을 들어도 군말 없이 따랐다. 결국 그녀는 쉴 시간인데도 제대로 쉬지 못하고 식사를 거르는 일이 한두 번이 아니었다.

어느 날, 그녀는 용기를 내서 상사에게 너무 힘들다고 했다. 그러나 그녀의 말은 항의가 아니라 애원에 가까웠고 너무 나약했다. 상사로서 그녀의 고민이 얼마나 심각한지 눈치를 채지 못할 정도였다. 결국 상사는 그녀의 심각성을 전혀 알지 못했으며 상황 또한 달라지지 않았다. 마침내 그녀는 절망하다 못해 위통과 두통을 앓았고 일 자체를 싫어하게 되었다. 물론 그 와중에서도 그녀는 최선을 다해 맡겨진 일을 해내려고 애썼다. 하지만 남는 것은 무력함뿐이었다.

내가 그녀와 상담한 것은 거의 막바지 상태였다. 나는 먼저 직장의 상황이 변화되도록 노력하라고 했다. 그녀가 안고 있는 문제가 어디서 비롯되었는지, 어떻게 악화되어 왔는지를 생각해 보라고 하면서, 만일 동료들의 요구를 거부하면 그들의 태도가 어떻게 변화할지에 대해서도 말해 주었다.

그녀는 상담을 하면서 천천히, 그러나 분명하게 자신의 소심함을 극복해갔다. 직장에서는 단호해졌다. 그러자 직장 동료들이 그녀를 존중하기 시작했다. 게다가 그녀가 수동적인 입장을 취했던 친척들과 시어머니와의 관계까지도 달라졌다. 예전에는 직장에서처럼 친척들과의 관계에서도 종종 언짢은 감정들이 생겨나곤 했었다.

이제 그녀는 본인이 입장을 취하지 않고 준비하지 않는 데서 모든 일이 일어났다는 사실을 이해하게 되었다. 열두 번의 상담을 하는 동안, 그녀는 직장과 가정 모두에서 획기적인 삶의 변화를 이루었다. 예전처럼 양보하거나 천사인 척하는 것을 그만두게 된 것이다.

이번에는 남편 하나만을 믿고 살아온 한 여성의 경우를 보자. 그녀는 스무 살에 결혼했는데, 남편은 뭔가 부족했는지 끊임없이 바람을 피워댔다. 그 때마다 그녀는 남편에게 바가지를 긁어댔지만 남편의 태도는 전혀 달라지지 않았다. 남편은 아내가 자기를 떠나지 않을 거라는 것을 알고 있었던 것이다.

물론 남편은 일이 지나치게 악화되어 이혼까지 가는 것을 피할 요량으로 행동했다. 바람 피운 것이 들통나면 다시는 안 그러겠다고 해놓고, 그녀의 마음이 조금 누그러진 듯 싶으면 또 다시 바람을 피우곤 했다. 이 일이 끊임없이 반복되고 모든 것이 하나의 습관처럼 전개됨에 따라 그녀는 더욱 절망했다.

나는 그녀에게 왜 문제를 해결하지 못하는지에 대해 설명해주었다. 그리고 위험을 감수해야 한다는 사실을 몇 번이나 알려주었지만 그녀는 감당하지 못했다. 결국 그녀는 치료를 그만두고 남편에게 돌아갔다. 그러고는 연락이 끊겼다. 어쩌면 그녀는 이러한 사이클을 그 후 몇 번 더 반복해서 겪었을지 모른다. 언젠가 남편을 떠나거나 남편을 변화시킬 것이지만.

마지막으로 반항적인 10대 아들과의 관계 때문에 애를 먹은 어느 중년 남자의 경우를 보자. 열여섯 살인 그의 아들은 어느 날 아버지가 집안일을 시키자, 하지 않겠다며 집을 뛰쳐나갔다. 아들의 갑작스런 반항에 아버지는 너무나 두려웠고 어떻게 대응해야 할지 어쩔 줄 몰라 했다. 그때부터 그는 아들에게 어떤

잔소리도 할 수 없었다. 방을 청소하라거나 공부하라거나 아무 말도 하지 못했다. 그저 모든 것을 아들이 하는 대로 내버려둘 수밖에 없었다. 결국 아들의 학교 성적은 엉망이었다.

문제는 거기에서 그치지 않았다. 아들은 집에서 자기 마음대로 하던 것처럼 바깥에서도 똑같이 행동했다. 그러나 학교와 집은 달랐다. 친구들은 차츰 그에게서 멀리 떨어져 갔다. 여자 친구들도 마찬가지였다. 그는 친구들이 자기 행동을 받아들여주지 못하는 데에 화를 냈다. 그러면서 분노만을 앞세워 점점 더 반항아가 되어 갔다.

그 아들이 나를 찾아온 것은 스물네 살이 되었을 때였다. 그는 아버지가 너무 수동적이었다는 점, 그리고 자기가 잘못되고 버릇없는 행동을 했는데도 그냥 내버려둔 것에 대해 분노하고 실망했다고 했다. 아버지가 좀더 자신에게 엄격하게 대했으면 좋았을 것이라는 말이다. 말하자면, 자기의 모든 잘못이 모두 다 아버지에게 있다고 여기고 있는 것이다.

이 경우는 부모님이 자식에게 나쁜 습관을 가르치고 있기에 자식으로서는 그 부분에 대해 책임이 없다고 깨닫는 전형적인 사례이다. 그러나 부모님 탓을 해서 얻을 것은 하나도 없다. 자신의 나쁜 습관을 고치려면 스스로 힘든 일들을 겪어내야 한다. 이제 더 이상 함께 살고 있지도 않은 부모님, 아니 돌아가신 부모님이 무엇을 해줄 수 있단 말인가.

내 삶은 내가 연주한다는 징후들

당신이 심각할 만큼 수동적이라는 것을 어떻게 알 수 있을까. 첫 번째 단서는 당신이 누군가에 의해 지배되고 있다는 것을 깨달을 때이다. 오랫동안 반복적으로 다른 사람의 바람이나 지시만을 따르고 자신의 욕구를 무시할 때, 그리고 다른 사람의 인정이나 사랑을 얻기 위해 그들을 기쁘게 하려고 애쓴다면 분명 수동적이다.

사실 다른 사람의 통제 아래 있다는 것은 대단히 불편하다. 아마도 당신이 청소년이었던 시절을 떠올리면 이 말을 얼른 이해할 것이다. 왜냐하면 그 시기에는 자라면서 부모님들과 이런 문제로 곧잘 부딪치기 때문이다. 부모님에게 자기 뜻을 관철시키기 위해, 그리고 자기 혼자 모든 것을 결정하고자 부모님과 대항하는 시기가 바로 청소년 시절이다.

일반적으로 사람들은 인생을 살면서 위험을 감수해야 한다고 여긴다. 그리하여 실수도 기꺼이 겪으려 하고 도전 역시 끊임없이 해댄다. 실제로 인생 선배들의 충고를 듣더라도 스스로 직접 해보는 것이 더 나을 때가 많다. 왜냐하면 어른이라고 해서 꼭 옳다고 말할 수는 없기 때문이다. 아마도 당신은 권위에 도전할 때 과거에 얼마나 바보스러웠는지 알게 된 경험이 있을 것이다. 사람은 실수를 통해 발전하는 법이다. 저지른 실수 때문에 고통을 받고 바로 그 고통 때문에 자신이 틀렸다는 것을 좀더 쉽게 확신하며 뭔가를 배우는 법이다.

실수하거나 틀린 결정을 내리는 것이 두려워서 부모님의 충고를 일일이 따르는 청소년들도 있다. 따라서 나는 부모님들에게 자식들이 어떤 결정을 내릴 때 그냥 내버려두라고 충고한다. 왜냐하면 아이들은 그 결정의 결과를 경험하면서 많은 것을 배우기 때문이다.

공부하는 데 마음이 없지만 학교를 다니겠다고 하면 그냥 '다니라'고 하라. 아이들을 지배하려고 하지 마라. 아니, 왜 끊임없이 아이들을 들볶는가. 아이들에게 실수할 기회를 갖게 하고 힘들게 배우도록 하라. 이런 과정을 겪으면서 중요한 교훈을 얻게 되는 것이다.

물론 어린 자녀가 위험하거나 무모한 일을 하려고 할 때 부모로서 적극 말릴 일은 있다. 어린 나이에 결혼한다고 할 때 그냥 내버려둘 수는 없지 않은가. 또 초등학교에 다니는 것을 거부할 때도 마찬가지이다. 다른 가치들을 추구하는 자녀를 설득하여 단념시킨다는 것은 쉽지 않은 일이다. 하지만 마약, 자살 혹은 다른 위험한 결과들이 뒤따른다면 당연히 그들을 입원이라도 시켜서 못하도록 해야 한다.

그러나 이런 경우를 제외하면, 대체로 아이들은 지배당하는 것을 좋아하지 않는다. 결과가 치명적이지 않는 한, 그들 삶의 통제력을 잃지 않으려고 분투할 만큼 현명하다.

과도한 수동성으로 고통을 겪는 사람들은 그들의 의지와 상관없이 흘러가는 삶의 방향 때문에 죄책감과 열등감, 그리고 우울함을 느낀다. 그들은 자신의 삶을 통제하지 못하는 자기 자신을 한없이 비난하면서 우울해한다. 물론 우울감만으로는 어떤 해결도 얻지 못한다. 오히려 악화될 뿐이다. 따라서 삶에 대한 통제력을 회복하라. 그래야만 우울증이 뚜렷이 약화된다.

과도한 수동성이 초래하는 또 하나의 문제는 자기를 지배하는 사람과의 유대관계를 약화시킨다는 점이다. 일반적으로 수동적인 사람들은 자신보다 강한 사람에 지배당할 때 지배자를 하찮게 여기고 싫어한다. 결코 존경하지 않는다. 예컨대, 남편을 제맘대로 하는 아내는 남편에 대한 사랑과 존경심이 없다. 아이들도 약한 부모를 존경하지 않으며 성인이 되기까지 부모를 괴롭히면서 스스로를 변호한다. 특히 청소년기에는 수동적인 어머니에게 반항하기로 악명 높다. 물론 수동적인 아버지에게도 똑같이 생길 수 있다.

수동적인 아버지를 가진 한 소년의 경우를 보자. 그 소년은 아버지가 아무런 제재도 가하지 않자 자기 하고 싶은 대로 할 수 있다고 생각했다. 어머니도 아버지가 아들을 제대로 가르치지 못하는 사람이라고 생각하여 남편을 존경하지 않았다. 그러던 어느 날, 아버지는 단호해지기 시작하면서 아들에게 제재를 가

했다. 그러자 소년은 가구를 부순다든지 물건을 내던진다든지 하면서 반항했다. 야단을 쳐도 소용없었다. 양보하는 것 말고는 방법이 없었다. 주위 사람들 역시 끼여들려 하지 않았다. 결국 그 아들은 군대에 갈 때까지 폭력적인 습관을 고치지 못했다.

부모의 수동성은 반드시 아이들에게 부정적인 영향을 끼친다. 아이들은 수동적인 부모를 무시하는 대신, 공격성에 대해 무한한 경외감을 갖는다. 그래서 심한 좌절을 겪을 때면 적어도 가족에게 곧바로 폭력을 사용한다.

왜 그렇게 해서는 안 되는 것일까. 아이들이 일단 가족이건 타인이건 다른 사람에게 폭력을 사용했을 때 처벌받지 않으면 폭력을 인정하는 것과 마찬가지이다. 인간은 한번 인정받은 행동은 별다른 계기가 없는 한 계속하는 법이다.

참으면 참을수록 더 많이 당한다

당신은 다른 사람들로부터 존경받지 못하는가. 그렇다면 왜 사람들이 당신에 대해 좋지 않은 생각을 갖고 있고 존경하지 않는지 궁금할 것이다. 왜 사람들이 당신을 불친절하게 대하는지 알고 싶지 않은가.

여기 두 가지 원칙을 제시한다. 이것을 여러 번 읽고 머릿속에 담아 두기 바란다. 그리고 다음번에도 똑같이 이용당하고 있는 자신을 발견하면 즉시 이 충고를 떠올려라. 사람들이 왜 당신에게 불친절하게 대하는지, 그리고 그런 일이 또 다시 생기지 않도록 하려면 무엇을 어떻게 해야 하는가를 알게 될 것이다.

원칙 1 | 묵인하는 행동은 당하는 법이다.

원칙 2 | 다른 사람이 바뀌기를 원한다면 당신 자신의 행동을 먼저 변화시켜라. 모든 것을 다 받아줄 듯한 당신의 아량과 같은 행동이 필요하다.

하버드 대학의 스키너 박사는 '조건 형성의 원리'를 강조하고 있다. 이 원리는 어떤 행동이 보강되고 보상될 때 그것이 더욱 강화되는 것을 의미한다. 물개나 개를 훈련시킬 때 자주 쓰는 원리의 하나이다.

옷이나 음식, 신념, 사상 등 우리가 선택하는 모든 것들은 모두 '조건화 과정conditioning process'의 결과물이다. 우리는 어떤 일을 할 때, 크든 작든 보상받았던 행동을 하게 된다.

어떤 사람은 왜 잔인하고 불쾌하며 모욕적인 행동을 하는 것일까. 그런 행동을 지켜보면서 자랐기 때문이다. 어떤 소년이 성난 아버지가 자기 멋대로 하는 것을 보았다면, 그 소년 역시 학교에서 똑같은 행동을 하고 사람들을 괴롭혀서 원하는 것을 얻어내는 자신을 발견할 것이다. 말하자면 아버지와 같은 방식으로 자기행동에 대한 보상을 받는 것이다. 당신이 한 행동에 대해 보상을 받으면 그 행동은 더욱 강화된다.

그렇다면 사람들은 왜 자기 자신을 부당하게 대하는 것일까. 먼저 어떤 행동이 여러 번 반복해서 일어난다면 우리는 그 행동이 보상받고 있다고 전제해야 한다. 그리고 이것을 당신 자신에게 적용시켜 보라. 사람들이 당신의 말을 잘 듣지 않는다면 당신이 그것을 허용했기 때문이다. 만일 약속을 했는데 상대방이 그 약속을 저버리는 일이 두 번 이상 일어났다면, 당신은 상대방의 그 행동에 대해 보상을 한 것이다.

주위를 조금 둘러보라. 당신은 사랑하는 사람들을 어떻게 대해 왔는가. 삶에 대해 무엇을 가르쳤는가. 자녀들에게 적절히 가르쳤는가. 이 때, 상대방의 답변은 곧 당신이 그들에게 어떻게 대해 왔는지, 무엇을 가르쳤는지를 말해준다. 상대방이 당신을 비열하게 대한다면 당신이 그 행동을 늘 참아 냈기 때문이다. 당신에게도 간접적인 책임이 있는 것이다.

참으면 참을수록 더 많이 당하게 된다. 이 원리야말로 서로 잘 지내려고 노력하는 사람들이 왜 그렇게 지내지 못하는지를 설명해준다. 예컨대, 어떤 친구는 돈을 헤프게 쓰면서도 꼭 음식값을 지불할 때면 그 계산서를 다른 친구가 집어들어 계산하게 만든다. 왜 아이들은 엄마 말은 들으려 하지 않으면서 엄한 아버지 말은 잘 듣는 것일까. 만일 당신의 부부관계가 좋지 않다면 그것은 부분적으로 당신이 즐겁지 않은 성생활을 참고 받아들였기 때문이다.

언젠가, 한 세미나에서 어느 여성은 아들의 요구 때문에 걱정이라고 했다. 그녀의 아들은 기숙사 생활을 하는데, 거의 매주 일요일 저녁마다 집에 와서 잠자리에 들 무렵에 셔츠를 빨고 다림질해 달라는 말을 한다는 것이다.

나는 그녀가 어떻게 대응하는지를 물었다. 그녀는 아들이 해달라는 대로 해주기는 하지만, 좀더 일찍 부탁했으면 제 시간에 잠을 잘 수 있지 않겠냐고 말했다고 했다. 그녀로서는 그 말이 아들을 꾸짖었고 불만을 표시한 셈이었다. 하지만 다시는 그런 일을 하지 않도록 충분히 가르친 것은 아니었다. 말하자면 그녀는 아들의 행동에 보상을 해주었던 것이다.

어쨌든 아들은 항상 일요일 밤이면 다림질된 깨끗한 셔츠를 받았다. 그녀는 잔소리를 하면서도 아들에게 깨끗한 셔츠를 주었다. 나는 그녀에게 왜 아들이 더러운 셔츠를 입고 학교에 가도록 내버려두지 않느냐고 물었다. 그녀는 아들이 당황하는 것을 두고 볼 수 없을 뿐더러 자기도 사려 깊지 못한 엄마가 되고 싶지 않다고 했다. 아들의 행동이 변화하는데 어떤 대가도 치르고 싶지 않다는 이야기다.

이 문제는 수동적인 사람들에게 매우 중요한 관점이다. 아마도 당신은 살아오면서 당신을 존경하지 않으며, 당신을 이용하고 당신을 비열하게 대하는 수많은 사람들을 만났을 것이다. 그렇다면 그들은 왜 그랬을까. 다름아닌, 당신이 그것을 허락했기 때문이다.

이제부터라도 당신이 보상한 행동을 하고 있다는 것을 명백히 인식하라. 왜 사람들은 당신을 2류 시민으로 대하는가. 당신이 알게 모르게 바람직하지 않은 행동을 보상했기 때문이다.

다음으로 중요한 것은 우리가 다른 사람들을 변화시키려고 하기 전에 우리 자신을 먼저 변화시켜야 한다는 점이다. 당신이 당신의 행동을 변화시키려고 마음먹은 순간, 다른 사람들은 새로운 반응으로 다가올 것이다.

만일 당신이 그들의 방식을 좋아하지 않는다면 그들에게 의지하지 말고 당신을 그렇게 취급한 데 대한 책임을 지게 하라. 당신이 다르게 행동하면 그들도 다르게 행동할 것이다.

사람들에게 존경과 사랑을 받으려면

이제 무엇을 해야 하는가에 대해 이야기해 보자. 당신이 짧은 시간 만났거나 몇 달 혹은 몇 년 동안 당신을 이용하는 게 버릇이 되어버린 사람들을 어떻게 변화시킬 수 있을까. 사람들이 당신에게 협조하고 존경과 사랑을 보여주기를 바란다면 당신이 먼저 따라야 할 세 가지 규칙이 있다.

첫째, 사람들이 친절하게 대하면 당신도 친절하게 대하라.

물론 이렇게 하는 것은 쉽지 않다. 많은 사람들이 다른 사람의 훌륭한 행동에 대해 칭찬하는 것을 힘들어한다. 부모님들은 아이들을 혼내기는 쉽지만 칭찬하는 데는 인색하다.

일반적으로 사람들은 다른 사람을 대할 때, 부정적으로 대하기보다는 긍정적으로 대할 때가 훨씬 더 많다. 그러나 업적과 관대한 행동보다는 실수와 잘못에 초점을 맞추는 경향 또한 적지 않은 게 현실이다.

만일 당신이 태어날 때부터 세상 사람들이 당신에게 '사람들이 친절하게 대하면 당신도 친절하게 대하라' 라는 원칙을 적용했다면, 오늘날 열등감이란 문제를 갖지 않았을 것이다. 당신의 훌륭한 행동은 강화되었을 것이고, 당신은 자기 자신에게 좋은 감정을 느낄 것이다. 세상에 대해 자신감을 가질 것이며 미워할 것이 별로 없을 것이다. 그러므로 다른 사람들이 당신에게 좋은 일을 한다면 그들에게 보상을 하고, 당신이 스스로에게 좋은 일을 한다면 자신에게 보상하기를 바란다. 좋은 행동에 대해 보상하는 것을 습관으로 삼도록 하자.

둘째, 사람들이 당신에게 좋지 못한 행동을 했는데도 그것을 깨닫지 못했다면 그들에게 말하라. 하지만 딱 두 번이다. 다시

말해서, 당신을 기분 나쁘게 한 사람이 멍청하고 무지하고 혼란 스러운 사람들이라는 생각을 가져야 한다는 말이다.

한쪽 뺨을 맞았다면 다른 쪽 뺨을 내어주고 용서하라. 그리고 그들에게 관대해져라. 그들에게 적대적일 이유는 없다. 그 대신, 당신 스스로 판단할 행동이고, 왜 그런 행동이 받아들여질 수 없는지, 그리고 나중에 그들이 어떻게 행동하기를 바라는지를 그들에게 설명하라.

그러나 이 규칙은 오직 그들이 자신들의 행동이 적절하지 못하고 불친절하다는 것을 정말 몰라서 그렇게 행동했다는 것을 당신이 확신할 때에만 적용해야 한다. 만약 도둑질이 잘못된 행동이고, 아이들에게 큰소리치는 게 잘못이며, 신뢰가 없는 것이 비도덕적이라는 것을 그들이 알고 있다면 이 두 번째 규칙을 적용할 필요가 없다. 당신은 사람들이 이미 알고 있는 것을 설명하면서 시간을 낭비할 필요가 없다. 우리가 반복적으로 똑같이 행동하고 그들이 무엇을 잘못했는지 말해줄 때, 그들로 하여금 같은 잘못된 행동을 계속하도록 조장하는 결과가 된다.

이 규칙은 두 종류의 사람에게만 적용된다. 미성숙하거나 감정적으로 불안한 사람이다. 이 부류의 사람들은 이성적으로 설명해도 알아듣지 못한다. 그들의 부정적인 행동에 대한 어떤 대가도 지불하지 않은 채, 일장 연설만 듣는다면 그들이 그 행동을 계속하도록 부추기는 것과 마찬가지다. 그러므로 당신이 이런 사람들에게 말하면 할수록 그들은 그 행동을 계속하게 된다.

어떤 사람들은 부정적인 행동을 받더라도 끊임없이 긍정적인 행동으로 되돌려준다면 결국에 가서 그 사람을 더 훌륭하게 변화하고 발전할 것이라는 믿음을 앞세운다. 그리하여 한 쪽 뺨을 맞거든 다른 뺨을 내주어야 하며 몇 마일을 더 가주어야 한다고 믿는다. 나는 이것이 사실이기를 바란다. 그러나 심리학적 연구와 경험 속에서 이 사실을 뒷받침할 만한 증거는 어디서도 발견되지 않고 있다.

만일 인간관계의 갈등을 비효과적으로 다루고 아이들을 비효율적으로 양육하는 방법이 있다면 이는 두 번째 규칙의 남용이다. 우리는 너무 많은 말을 하고, 너무 자주 다른 쪽 뺨을 내어주며, 무의식중에 우리가 저항하는 바로 그 행동들을 하도록 그들을 프로그램화하고 또 가르친다. 그리고 나서는 어떤 결론에도 이르지 못한 것에 놀란다.

내가 제안하는 것은 그들이 정말 자신들의 행동이 얼마나 나쁜지를 알지 못하고 있다고 당신이 확신하는 경우에 두 번 정도 의심할 기회를 주라는 것이다. 우리는 그렇게 해야 한다.

그러나 더 이상은 말하지 마라. 이성적으로 판단하려 하지 말고, 그들의 의도를 알아내려고 하지도 마라. 그들을 그런 식으로 행동하게 만든 게 무엇이었는지 이해하려는 노력을 그만 두라. 이제까지 하던 것을 모두 그만두고 세 번째 규칙으로 넘어가라.

말보다는 행동으로 대가를 지불하라

셋째, 만약 당신을 기분 나쁘게 한 사람에게 말을 해도 소용이 없다면, 그에게도 똑같이 성가시고 불편하게 행동하라. 이 때 분노, 죄책감, 동정, 거절에 대한 두려움, 신체적인 피해, 혹은 경제적인 피해나 손실에 대한 두려움은 던져버려라

이 규칙은 매우 비정하고 공격적인 방법처럼 들릴 것이다. 하지만 만약 당신이 말로 해서 이 문제를 풀려고 해도 반응을 보이지 않는 사람을 변화시키려 한다면 어떤 방법이 있는지 생각해 보라. 사람들이 더 이상 말을 들으려 하지 않는다면, 당신은 그들을 포기하거나 그들이 적극적으로 협상에 임하도록 강력한 행동을 보여주어야 하지 않을까.

말이 통하지 않을 때는 행동을 취해야 한다. 왜냐하면 말은 상처를 주지 못한다. 원한다면 그들에게 상처를 입힐 수도 있지만 그렇다고 해도 그들은 당신이 그들의 잘못된 행동으로 받는 고통과 불편함만큼 괴롭지는 않을 것이다.

직장에서 해고되는 것은 꾸중이나 질책을 받는 것보다 훨씬 심각한 일이다. 이제 더 이상 사랑하지 않는다는 말을 듣는 것은 이혼하는 것만큼 나쁘지는 않다. 방 청소를 하지 않아서 엄마에게 게으르다고 꾸지람을 듣는 것은 흩어진 물건들을 쓰레기 봉지에 넣어 쓰레기통에 버리는 것만큼 나쁘지는 않다. 요컨대,

행동은 말보다 웅변적이다. 이보다 더 진실한 속담은 없다. 참고로 위의 세 가지 규칙 가운데 첫 번째와 이 세 번째 규칙은 심리학자 조지와 찰스 매디슨의 글에서 인용한 것이다.

당신이 상황에 어떻게 대처하는가에 따라 당신의 미래가 결정된다. 건방진 행동을 무시해 버리는 것은 그 행동을 보상하는 것과 같다는 점을 명심하라. 자신을 부당하게 대하는 행동은 처벌해야 한다. 그래야만 그런 행동을 또다시 못하게 하는 효과를 가져온다.

행동은 강화되거나 약화된다. 좋은 행동이 반복되기를 원하고 부정적 행동이 줄어들기를 원한다면 어떤 식으로든 타인의 나쁜 행동에 대응하는 편이 낫다. 왜냐하면 아무것도 하지 않는다는 것은 그 행동에 보상하는 것이기 때문이다. 링컨 대통령은 '침묵은 동의'라고 말했다. 발을 밟히고도 어떤 항의를 하지 않을 때, 그들은 당신의 발을 밟아도 된다고 생각한다.

거듭 말하지만, 사람들이 당신을 배려하지 않고 잘못된 행동을 했을 때, 그런 행동이 되풀이되지 않기를 원한다는 메시지를 전달하고 싶다면 그들이 당신에게 했던 나쁜 행동에 대한 대가를 비슷하거나 똑같은 방식으로 받도록 하라.

습관적으로 약속 시간에 늦는 친구가 있다면 당신도 그와 만날 때 똑같이 늦게 나가라.

돈을 빌려 간 사람이 제때 갚지 않는다면 그 사람에게 다시는 돈을 빌려주지 말거나 상당 기간 돈을 빌려주지 마라.

화나서 물건을 부수는 아이에게는 그것을 치우게 하고 물건들을 원래 상태로 되돌려 놓으라고 하라.

남편이 저녁식사 시간에 맞춰 귀가하기로 약속했다고 하자. 당신은 온갖 정성을 다해 멋진 식사를 마련해 놓았는데, 남편이 돌아오지 않거나 전화조차 없다면 어떻게 할까. 화를 내면서 기다리지 말고 혼자 먹고 남은 음식은 버려라. 남편이 먹을 음식을 남겨둘 필요도 없다.

자녀 중에서 예의 없고 게으르고 돈 아까운 줄 모르고 낭비벽이 심한 자녀가 있다면 돈이 아무리 많다 해도 자식에게 유산을 남기지 마라. 그 돈을 값있게 쓸 사람에게 주어라.

파트너가 파티에서 술을 너무 많이 마셔서 당신이 두 번씩이나 불평을 했는데도 계속 술을 마시고 있다면 그를 남겨두고 자리에서 일어나 떠나라.

전화통화를 하면서 당신에게 소리 지르는 사람이 있다고 하자. 상대방에게 화를 내지 않으려 한다면 그냥 끊어 버려라.

직원이 습관적으로 지각한다면 얼마 동안 휴직시켜라.

만일 당신의 살림살이나 자녀 양육에 참견하려는 친척이 있다면 얼마 동안 집안에 발을 들여놓지 못하도록 하라.

이제 결론은 분명하다. 당신에게 피해가 오는 행동은 참을 필요가 없다. 빨리 저항할수록 그런 행동은 빨리 줄어든다. 그러면서 당신 자신에 대한 만족감은 옥수수 줄기처럼 자라난다.

왜 이처럼 단호함의 과정을 거쳐야 할까. 무엇보다도 당신과 다른 사람들 모두가 마음 편하게 살기 위한 것이다. 단호한 사람이 되기 위해서는 이 세 번째 규칙에 입각하여 지켜야 할 여섯 가지 사항이 있다. 분노, 죄책감, 동정심, 그리고 거절과 신체적, 경제적 손실에 대한 두려움을 갖지 않는 것이다. 이 조건을 잘 지켜야만 효과적인 방식으로 당신의 권리를 지킬 수 있다.

분노를 피하라

단호해지려고 시도하려면 우선 분노를 극복하는 법부터 배워야 한다. 일반적으로 사람들은 당신이 자신 있게 행동할 때, 당신에게 수그러지는 경향을 보이지만 반대로 더욱 거리를 두는 사람도 적지 않다. 이때 화를 내지 마라. 지금 당신의 목적은 다른 사람과 싸우려는 것이 아니라 협조를 이끌어 내려는 것이다. 화를 내면 불리하다. 상대방으로 하여금 되받아칠 수 있는 구실을 제공하게 된다. 특히 결혼생활에서 문제가 있는 사람들은 이 점을 유념해야 한다.

단호함은 분노하지 않으면서 당신의 권리를 지키는 것이다. 반면에 공격성은 분노로 당신의 권리를 지키는 결과가 된다. 이

가운데 단호함이 훨씬 더 효과적인 방법임은 말할 나위가 없다. 자기방어를 해야 하는 경우가 아니라면 공격적일 필요가 없다. 만약 누군가 당신에게 신체적인 폭력을 가하려 한다면 자신의 생명을 위해 싸울 수밖에 없다. 그러나 그런 상황이 아니라면 단호하고 확고하며 분노하지 않는 방식으로 행동하는 것이 가장 좋은 방법이다.

받은 대가만큼 꼭 치루라는 세 번째 규칙은 복수나 보복 같은 차원의 얘기가 아니다. 다른 사람들의 잘못을 바로잡기 위한 방법으로서 '교정 *correction*'을 말하는 것이다. 다음의 일곱 가지 사항을 기억하라. 당신이 평정을 찾는데 도움을 줄 것이다.

하나 | 당신을 화나게 하는 것은 남이 아닌 당신 자신이다.

둘 | 분노는 단순한 소망을 넘어서 무엇인가 요구할 때 생긴다.

셋 | 다시 분노하고 싶지 않다면 아예 요구를 하지 마라.

넷 | 화가 났을 때 화나게 만든 사람이 소름끼치도록 싫다고 믿기 쉽다. 그래서 상황을 더욱 악화시킨다. 당신이 필요하다는 것을 주지 않기 때문이다.

다섯 | 다른 사람의 협조를 구하려고 혹독하게 대하거나 때리고 큰소리를 치는 것은 가장 나쁜 방법이다

여섯 | 화났을 때 원하는 것을 모두 가져야 한다는 것은 어린아이 같은 행동이다. 누구나 원하는 것을 모두 가질 수는 없다.

일곱 | 화내서 얻을 수 있는 것이 무엇인가를 곰곰이 생각해 보라. 당신을 부당하게 대하고 심하게 좌절시키는 사람들 때문에 이미 당신은 충분히 괴롭지 않은가.

죄책감을 갖지 마라

사람들은 왜 죄책감을 느끼는 것일까. 일단 자기가 나쁘고 잘못되고 비도덕적이며 비열한 일을 했다고 판단하기 때문이다. 그리고 나쁜 짓을 했으니까 나쁜 사람이란 생각에 빠진다. 나쁜 일을 했다고 해서 죄책감을 느낄 필요는 없다. 우리는 살아가면서 수없이 많은 실수를 저지른다. 하지만 그때마다 거의 대부분 죄책감을 느끼지는 않는다. 그런데 어떤 특정한 행동만은 편견을 갖고 있어서 자신은 나쁘고 용서받을 수 없다고 생각하고 죄책감에 빠지는 경우가 있다.

절대로 죄책감을 갖지 마라. 어떤 실수를 했더라도 당신을 미워하지 마라. 그 대신, 실수 자체에 초점을 맞추도록 하라. 마음을 가라앉히고 침착하라. 적어도 침착해지려고 애를 써라. 자신을 미워하지 말고 자신의 실수가 돌이킬 수 있는 것인지를 곰곰이 생각해 보라.

절망감, 죄책감, 열등감을 느끼지 않는다면 다시는 그 실수를 하지 않으려는 데 집중할 힘이 생긴다. 죄책감을 느끼게 되면 당신은 스스로를 처벌하는 것으로 끝난다.

'죄를 지은 것'과 '죄책감을 느끼는 것' 사이에는 분명한 차이가 있다. 죄를 지었다고 생각하는 것은 자신의 잘못과 실수를 그대로 인정하는 것이다. 죄책감에 빠지는 것은 잘못 행동했기 때문에 자신은 못났고 못된 인간, 나쁜 사람이라고 생각한다는 것을 의미한다. 죄 자체는 진실일 수 있다. 하지만 자신이 나쁜 사람이라는 생각은 절대로 진실이 아니다. 스스로 나쁜 사람이라고 세뇌하지만 않는다면 말이다.

다른 사람에게 동정심을 갖지 마라

당신을 대하는 많은 사람들의 태도를 더 좋게 변화시키려면 그들에게 미안해하는 마음을 가질 필요가 없다. 단호하게 대하고 나서 미안해하는 마음을 갖는다면 당신의 이제까지의 노력은 물거품이 되고 말 것이다. 매번 마음이 그렇게 흔들린다면 어떻게 사람들의 태도를 변화시킬 수 있는가.

무엇보다도 다른 사람이 일으킨 문제를 해결하느라고 당신 자신이 힘들고 괴로운 것은 당연하다는 비합리적인 생각을 버려라. 그 생각을 단호하게 뿌리치지 않는다면 당신은 결코 단호한 사람이 될 수 없다. 사람들에게 이용만 당할 것이다.

이처럼 비이성적인 생각을 극복하기 위해서는 사람을 '돌보는 것'과 '지나치게 돌보는 것'은 다른 문제라는 점을 깨달아야 한다. 다른 사람에게 끼친 불편함 때문에 마음의 상처를 받는 것은 그들을 위하는 길이 아니다. 우리는 그들을 위해 단호해지는 것을 배워야 한다. 수술실에서 환자의 배를 가르면서 그 아픔에 대해 동정을 느끼는 외과 의사의 경우를 생각해 보라. 이 때 동정심은 전혀 쓸모없는 것이 아닌가.

마약에 손을 댄 아들을 경찰에 신고한 한 아버지가 있었다. 그런데 막상 경찰이 아들을 병원으로 후송하는 것을 보자, 그는 원래의 뜻을 잊고 자신이 한 일에 대해 죄책감을 느꼈다. 그 자신이 단호해져야 하며, 아들이 나쁜 행동을 못하도록 용기 있게 대처해야 한다는 것을 그만 잊은 것이다.

이 아버지의 행동은 박수를 받을 만한 일이었다. 그런데 그는 아들이 겪게 될 어려움을 생각하자 스스로 나쁜 아버지라는 생각에 빠지고 말았다. 아들을 정신과 병동에 입원시켜서라도 마약을 끊게 하려는 것은 분명 잘한 일이다. 하지만 옳은 일을 시작하려는 순간에 마음이 약해지면 하지 않은 것만 못하다.

주위를 둘러보면 많은 사람들이 항상 이런 식으로 대처한다. 그들의 단호한 시도가 막 성공에 이르러 눈앞에 보이는 결과를 얻으려고 하는 바로 그 시점에서 마음의 상처를 입고 감정적으로 약해진다. 그래서 한 걸음 물러서서 양보하고 만다. 결국 배우자나 아이들의 나쁜 행동은 고쳐지지 않고 원래대로 돌아간다. 절대로 이렇게 하면 안 된다. 결정적인 순간에 그 사람을 동정하지 말아야 한다. 그들을 과보호하지 마라.

거절을 두려워하지 마라

거절을 두려워하는가. 그렇다면 다른 사람에게 과감히 맞서서 당신의 뜻을 이루기란 어렵다. 애초의 의도가 아무리 훌륭하다고 하더라도 이 강력한 두려움은 당신을 겁쟁이로 만든다. 내가 쓴 책『근심과 두려움에서 벗어나기』에서 말했듯이, 사람들이 느끼는 두려움 중 하나가 바로 거절에 대한 두려움이다.

누가 자기를 좋아하고 좋아하지 않는지를 바탕으로 자신의 가치를 평가하고 자신의 이미지를 만드는 사람들이 있다. 그들은 누군가 자신을 좋아해주기를 원할 때 곤경에 빠진다. 그것은 그 사람이 당신을 좌절시킬 것이라는 것을 의미한다. 또 그 사람이 당신의 삶에서 중요한 사람인 경우가 많다.

이 때, 그가 당신을 싫어할 가능성을 항상 염두에 두어야 한다. 성인이라면 더 이상 직장 동료나 친구, 아내나 남편, 조부모나 아버지, 어머니의 허락이 없어도 상관없다. 요컨대, 수용가능한 사람이 되기 위한 허락은 필요 없다. 물론 그들을 전폭적으로 지지하지 않는다는 이유로 불이익을 겪을 수도 있다.

중요한 것은 너무 많이 걱정하고 있다는 것이다. 만일 소중한 사람들에게 거절당하는 일이나 나쁘게 인식되는 것을 두려워하지 않는다면, 우리는 거절당하는 것에 그렇게 크게 마음 쓰지 않을 것이다.

물론 우리의 삶에서 중요한 사람들에게 거절당하는 것은 가볍게 받아들일 일이 아니다. 그렇다고 해서 아주 중요한 일도 아니다. 다른 사람에 의해 지배당하고 있는 것을 알고, 또 그래서 단호해지지 못하는 대부분의 사람들은 상처받을 것이 두려워서 거절하지 못한다. 만일 당신이 자기 자신에게 상처를 주지 않는다면 어떤 일로도 상처받을 수 없다.

그렇다고 해서 연인 사이가 중요하지 않다는 말은 아니다. 모든 인간관계를 무시하고 거절당해도 개의치 않고 휘파람을 불면서 유유히 다른 곳으로 걸어가야 한다는 말은 더욱 아니다. 분명 가까운 사람에게 거절당한다는 것은 슬픈 일이다. 그리고 괴롭고 불편한 경험이다.

그러나 그뿐이다. 우리가 더 이상 아픈 일로 받아들이지 않는다면 더 이상 아픈 일은 아니다. 머리를 쓴다면 거절은 극복할 수 있다. 거절은 불편한 일일 따름이다. 지구가 산산조각 나는 것처럼 끔찍하거나 두려운 일도, 재앙을 불러오는 일도 아니다.

지구의 종말도 아니다. 그렇다면 사물을 있는 그대로 보라.

신체적 손상을 두려워하지 마라

신체적 손상을 두려워하는 것은 자신감을 파괴할 수 있는 아주 중요한 조건이다. 위에서 언급한 네 가지 조건은 감정을 다스리는 것이었고, 그것은 누가 해줄 수 있는 것이 아니라 스스로 책임질 일이다. 그러나 신체적인 폭력은 우리의 의지로 어떻게 할 수 있는 것이 아니라 외부에서 강제적으로 오는 것이다. 우리는 그것을 직접적으로 통제할 방법이 없기 때문에 앞의 네 가지 조건보다 현실적으로 더 심각하고 위험할 수 있다.

누군가 당신에게 위협하려는 의도로 신체적인 폭력을 가하려 한다면 어떻게 하겠는가. 운동으로 몸을 단련하여 당신을 못살게 구는 사람과 한판 승부를 겨룰 수도 있다. 또 달리기 연습을 꾸준히 해서 누군가 당신을 공격하려 할 때 재빨리 도망칠 수도 있다. 이 말은 불량배에게 시달림을 당하는 많은 학생들에게 좋은 충고가 될 것이다. 쓸데없이 그와 맞서 싸우는 데 하루를 낭비하지 말고 빠른 속도로 그것을 넘어서는 것이 낫다.

폭력적인 남편이나 아내 때문에 결혼생활에 위협을 느끼고 있는 경우, 배우자를 법에 고소하고 싶을 것이다. 물론 그 배우자가 집으로 돌아와 엄청나게 분노할 것이라는 위험을 감수해야 한다. 하지만 신고를 받은 경찰은 크게 도움을 주지 못한다. 보통의 아내들은 매맞은 사실에 대해 남편을 구속시킬 정도로 크게 벌이지 않는다는 것, 그리고 남편의 폭력을 참고 견디면서 산다는 것을 알고 있기 때문이다. 그래서 상황만을 진정시키고 돌아가 버려 여자 혼자서 감당하도록 내버려둔다.

만약 당신을 학대하는 사람이 육체적으로 대등하고, 당신이 폭력의 부당함에 대해 한두 번 조리 있게 항의했다면, 어떤 방법으로든 방어하고 저항해야 한다. 심지어 분노에 대한 통제력을 잃어버리는 것조차 걱정하지 마라. 생명을 구하는 일이라면 화내고 과민하게 행동하는 것을 누가 마다하겠는가.

폭력행위에 직접 맞설 수 없는 경우라면 상대방의 마음에 두려움을 불러일으킬 다른 방법들을 사용하라. 예를 들어, 남편의 폭력에 시달리는 여성이 있다고 하자. 이 때, 좋은 방법은 며칠 혹은 몇 주일 동안 남편과 떨어져 있는 것이다. 폭력 남편들은 세상에 잘 적응하지 못하기 때문에 아내나 연인에게 기대고 의존한다. 술이 깨거나 다시 이성을 되찾으면 자신이 한 짓을 후회하고 다음부터는 그러지 않겠다고 약속한다.

문제는 이별을 무기로 폭력 남편에게 저항하는 여성들이 집으로 너무 빨리 되돌아간다는 점이다. 이 때, 남자들은 마음을 다해 사과할 뿐만 아니라 꽃까지 갖다 바친다. 그런다고 해서 그들이 완전히 달라진다는 보장은 어디에도 없다. 단순히 때리지 않겠다는 약속을 한다고 해서 또다시 그러지 않으리라는 법이 어디 있는가.

분노는 학습된 행동이다. 따라서 어떻게 분노가 일어나고, 어떻게 그것이 없어질 수 있는지를 학습하지 않는다면 그 습관은 사라지지 않는다. 정말로 자신의 행동을 후회하고 있다면 폭력을 주제로 한 책을 읽거나 상담을 통해 고치려고 노력해야 할 것이다. 어떤 노력도 하지 않는 남편의 말만으로 어떻게 변했다고 믿을 수 있겠는가.

별거를 하려 해도 돈이 없는 경우, 꼭 해야 할 일이 있거나 돌봐야 할 아이가 있는 사람들이 많다. 이 불행한 상황에서 빠져나올 수 있는 방법은 없을까.

상황이 더욱 악화되어 별거 혹은 이혼하거나 좀더 조화로운 조정이 이루어질 때까지 얼마간 싸움을 계속하는 것 외엔 방법이 없다. 이런 사람들 중에는 친척이나 이웃사람들의 신고로 가해자가 체포될 때까지 계속해서 학대당하기도 한다. 학대를 견디다 못해 정신적으로 불안해져서 집에 불을 지르거나 살인을 하는 경우까지도 있다. 그처럼 격한 상황 속에 있으면서도 그들이 육체적인 폭정에서 벗어날 방법은 없다. 정말 상상하기도 싫지만 엄연한 현실이고 사실이다. 힘이 약해서 항상 손해를 보는 사람, 교육받지 못한 사람, 실업 상태에 있는 사회적 약자들은 자신이 위험한 상황에 놓여 있다는 것을 알면서도 참아 내는 것 외에 달리 할 수 있는 일이 없다. 정말 안타까운 일이다.

우리 사회는 이런 사람들을 보호하지 않는다. 얼마나 많은 청소년과 아내가 그들의 아버지나 남편의 잔인한 학대에 맞서다가 감옥에 갇혔는가. 그렇게 하는 것만이 그들이 살아남을 수 있는 유일한 방법이었는데도 말이다. 사회가 '방관'이라는 범죄로 고소되어야 할 때 그들은 살인죄로 고소된 것이다.

경제적 손실을 두려워하지 마라

사람들이 걱정하는 현실적인 두려움은 두 가지이다. 재정적 손해와 신체적 손상에 대한 두려움이다. 이 두 가지는 사람들의 마음속에서 만들어낸 좌절이 아니라 현실적으로 엄연히 존재하는 조건이다.

자유가 삶에서 가장 좋은 것이라고 믿는 사람들이 있는데, 그들이야말로 꿈속을 헤매고 있는 사람들이다. 만약 당신이 원할 때 손만 뻗으면 바나나를 배불리 따먹고 발거벗은 채 살아도 좋은 낙원에 살고 있지 않다면 옷과 음식을 살 돈이 있어야 한다. 생필품이 없다면 패배감에 빠질 것이다. 패배감은 둘째 치고 생존 자체가 위태로워진다.

세상에는 몹시 가난하면서도 자신을 당당하게 생각하는 사람들이 있다. 성인들이 그렇다. 돈은 그들에게 중요한 문제가 아니다. 그들은 구걸해서 먹고살거나 직접 논밭을 경작하여 생활한다. 그러나 보통의 사람에게 있어서 돈의 많고 적음은 큰 차이가 있다. 가족이 있는 경우에는 더욱 그렇다.

경제력이 없는 사람들은 실제로 경제력이 있는 사람의 지배하에 놓인다. 교육받지 못하고, 기술도 없고, 자녀를 여러 명 둔 여성은 폭력 남편의 피해를 온몸으로 받는다. 그녀가 폭력 남편에게 정면으로 맞서면 길거리에 나 앉을 수밖에 없다.

여성들은 오랜 세월 자신의 운명을 조용히 받아들이라고 배워왔다. 확실히 대부분의 여성들은 말없이 고통을 견뎌왔고 참아 왔다. 그러면서 열등감만을 키워왔다. 나는 고등학교를 졸업하자마자 결혼하려는 여성들을 만날 때마다 이렇게 충고한다.

"자신의 생계를 다른 사람에게 의지하면 안 된다. 결혼은 영원하지 않을 수도 있다. 그런 경우를 대비해서 자신의 경력을 쌓아야 한다. 결혼생활을 정리하고 아이들을 데리고 나갈 때를 대비해야 한다. 그 때 교육과 훈련은 꼭 필요하다."

물론 젊은이들에겐 감정이 이성보다 우선하기 때문에 이 말이 헛된 충고로 들릴지 모른다. 그러나 결혼하여 어느 정도 살고 나서 문제가 발생할 때면 뒤늦게 후회하는 여성들이 많았다.

요컨대, 이상의 여섯 가지 조건 중 어떤 것이라도 무시된다면 바람직하지 않은 행동을 변화시키기 위해 어떤 사람을 난처하게 하면서 당신의 권리를 지켜내기란 어렵다. 아니, 거의 불가능하다. 이 조건들은 곤란한 상황을 뚫고 나갈 때 강하게 연결되어져야 할 하나의 사슬에 있는 여섯 개의 고리이다. 이 중 하나라도 약하다면 당신 자신을 지켜내는 임무는 멈추고 만다.

행동으로 되갚는 것을 반대하는 사람들

세상에는 부정적인 행동을 부정적인 방식으로 되갚는 방식에 대해 거부하는 사람들이 있다. 이들이 내세우는 이유를 보자.

첫째로 그들은 형편없는 사람들과 상대하면 똑같이 형편없는 사람이 된다고 한다. 맞는 말이다. 그러나 처음부터 이런 방식으로 하려던 것이 아니었다는 점을 생각하라.

나는 다른 사람의 행동으로 피해를 입었을 때 항상 한두 번은 얘기하라고 충고했다. 그러나 그렇게 해도 아무 변화가 없거나, 이미 상대방도 자기 행동이 바람직하지 않다는 것을 알고 있다면 더 이상 말해서 무슨 소용이 있겠는가. 이럴 경우에는 행동으로 보여 주어야 한다는 말이다.

행동은 말보다 더 효과적이다. 따라서 우리는 다른 사람들이 잘 듣고 존경할 만한 행동으로 대처해야 한다. 수준 낮은 행동을 하는 것이 주저된다는 마음은 이해되지만 참고 영원히 살고 싶지 않다면 선택의 여지가 거의 없다.

둘째로 상대방에게 복수하라는 말이 아니냐고 따진다. 절대로 그렇지 않다. 상대방과 똑같아져서 복수하라는 것이 아니다. 단지 우리에게는 그 방법밖에 없기 때문이다. 이 방법을 이용해 다른 사람들의 행동을 바꾸려는 것뿐이다. 그들을 미워해서가 아니다. 우리는 그들이 잘 되기를 바란다. 나 자신의 기쁨을 위해 상대방에게 피해를 끼치려는 것도 아니다. 그들이 바르게 행동하도록 하기 위해 훈련과정을 프로그램화해서 교육하기를 바랄 뿐이다. 물론 당하는 입장에서는 그렇게 생각하지 않을지 모른다. 하지만 우리는 상대방에게 도움을 주기 위한 것이다.

이것은 사랑이 없으면 불가능하다. 그들이 이것을 깨달으려면 며칠, 몇 주일, 혹은 몇 년이 걸릴 수도 있다. 아이들에게 엄한 처벌을 해서 기를 때는 불만을 갖더라도 바르게 자라고 나서는 부모에게 고마움을 느끼지 않는가. 바르지 않게 행동하는 것을 내버려두는 것은 사랑이 아니다.

셋째로 두 개의 악惡으로 하나의 선善을 만들 수 없다고 주장한다. 절대로 그렇지 않다. 우리는 사람들이 자멸적이거나 부정적인 행동을 긍정적으로 바꾸고자 할 때, 그 과정에서 그들을 좌절시킨다고 해서 우리가 부정적인 일을 하는 것이 아니라는 점을 이해해야 한다. 우리는 그들을 더 나은 사람으로 만들기 위해 이렇게 하는 것뿐이다.

당장 어떻게 행동하느냐에 초점을 맞추지 말고 행동 뒤에 숨어 있는 의도를 읽기 바란다. 회사에서 업무상 적합하지 않은 사람을 해고시키는 일은 사려 깊은 행동이다. 그러나 복수하기 위해서, 혹은 원한 때문에 해고하는 일은 옳지 않다. 바로 이런 경우가 아니라면 당신은 잘못한 것이 없다.

넷째로 그들은 게임을 하자는 것이냐고 반문한다. 하지만 이것은 게임이 아니다. 게임처럼 가벼운 문제도 아니다. 나쁜 행동을 나쁜 행동으로 갚아 주는 것이 게임이라고 믿는가. 그렇다면 당신은 일생일대의 중요한 사건을 아주 사소한 것으로 여기고 있다는 말이 된다.

다른 사람의 부정적인 행동을 변화시키기 위한 당신의 행동은 매우 진지한 일이다. 너무 심각한 일이기 때문에 그 과정에서 겪게 될 아픔이나 좌절까지도 정당화될 수 있다. 결코 게임이라고 생각하지 마라. 분노하지 말고 그 상황을 참고 견뎌서 새로운 인간관계를 창조하라.

몸의 소리에 귀를 기울여라

그렇다면 언제, 어떤 상황에서 저항할 것인가. 많은 사람들이 인간관계 때문에 고통을 겪으면서도 혹 자기 자신이 이기적인 것은 아닐까, 경솔하게 작은 일을 크게 만드는 것은 아닐까 하고 두려워한다. 그러나 뭔가를 변화시킬 필요가 있는지 없는지 실제로 확실하게 판단할 수 있는 방법이 있다. 그것은 우리 몸이 말해 준다. 몸은 우리가 얼마나 불편해 하는지를 그대로 나타낸다. 너무나 불편해서 더 이상 견디지 못할 때가 되면 뭔가 조치를 취할 때가 온 것이다.

충분히 잠을 자고 나면 우리는 저절로 깨어난다. 몸은 우리가 지쳐 잠이 필요할 때 신호를 보낸다. 언제 물을 마셔야 하는지, 그만 마셔야 하는지도 말해 준다. 아파트 위층의 소음을 참아야 하는지 항의해야 하는지, 직장 상사의 부당한 대우를 참을 것인지 대항할 것인지에 대해 당신 몸이 말해 준다.

몸의 소리를 들어라. 그 소리에서 모든 정보를 얻을 수 있다. 중요한 인간관계에서 더 이상 만족하지 못한다는 신호를 느낀다면 뭔가 조치를 취할 때가 온 것이다. 그 신호를 무시하고 참는다면 열등감에 빠지게 되고 급기야 다음과 같이 될 것이다.

우선 당신은 불행해질 것이다. 나는 내부의 소리에 귀 기울이지 않고 참고 살아온 수천 명의 사람들을 만나 왔다. 20년 혹은 30년 동안이나 부당하게 취급당해 왔고, 분노하면서도 그 상황을 견뎌 내고 있는 사람들도 있었다. 이런 경우, 인생 전체는 불행해지기 마련이고, 불안한 사람이 된다. 정신과 의사, 심리학자,

카운슬러를 찾아가 상담하는 사람들이 대부분 이런 사람들이다. 나는 그들과 상담할 때마다 자신의 마음을 읽는 데 정신을 집중하도록 가르쳐 왔다. 자신에 대한 만족감을 갖고 마음의 틀을 형성해 가다 보면 자연히 신경증을 줄이게 된다.

다음으로 사랑을 잃게 될 것이다. 결혼식장에서 어떤 맹세를 했든지 배우자와 아이들, 그리고 부모를 얼마나 사랑해 왔는지는 별개의 문제이다. 결과적으로 그렇게 되고 만다. 오랫동안 사람에게서 좌절을 겪으면 결국 그에 대한 감정은 사그라지고 사랑은 없어진다.

끝으로 결국에 가서는 이런 불행의 원천에서 떠나고 싶어진다. 그것은 매우 현명하고 건강하고 정상적인 반응이다. 직장생활이나 결혼생활이 견딜 수 없을 만큼 괴롭다면 그만두고 싶지 않겠는가. 실제로 별거하거나 이혼한 사람들은 내가 말하는 것을 이해할 것이다. 배우자가 휘두르는 횡포를 견디다 못해 불행에 빠지고 불안해지다 보면 조금씩 사랑에서 멀어져 마침내 관계를 끝내는 것이다.

그 외에 우리가 취할 수 있는 방법

좌절했을 때에 취할 수 있는 행동이 행동으로 '대가를 되갚아

주라'는 세 번째 규칙만 있는 것은 아니다. 네 가지의 또다른 선택이 있을 수 있다. 물론 이 네 가지 모두 그리 바람직한 방법은 아니다. 그 중에서도 최악의 경우는 네 번째 길이다.

첫 번째의 선택은 분노 없는 인내이다. 쉽게 말하면, '세상이 망하는 것보다 낫지'라고 생각하는 것이다. 이것은 지금 부닥친 문제를 자신에게 별로 중요하지 않은 것으로 치부하면서 기대를 낮추는 전술이다. '아이들이 방을 치웠으면 좋겠지만, 안 치운다고 해서 그다지 큰일은 아니지 않은가'라고 생각하며 무시해 버리는 경우라든지, '임금 인상이 되지 않아서 슬프긴 하지만, 일자리를 잃은 것도 아니고 지구의 종말이 온 것보다는 낫지 않은가'라고 스스로에게 세뇌시키는 경우를 말한다.

분노하지 않고 그 상황을 견뎌내려고 결심할 때, 당신의 문제는 사라진다. 그리고 좌절과 불안의 감정에서 벗어날 수 있다. 이 선택은 여러 사람들이 얽히고 섥켜 살아갈 수밖에 없는 상황에서 어쩔 수 없이 자주 사용하게 되는 방법이다.

두 번째의 선택은 저항이다. 마음 가는 대로 행동하는 것이다. 분노를 참을 수 없는 경우에는 바로 행동해야 한다. 당신을 좌절시키는 사람과 당신의 노력이 부딪혀서 좌절할 때마다 위에서 언급한 세 번째 규칙을 적극 활용하라. 좌절을 느낄 때마다 당신은 상대방에게 불편을 끼치고 싶을 만큼 불쾌해질 것이다. 이 선택은 '냉전' 혹은 '타격'이라고 불린다.

　세 번째의 선택은 별거 혹은 이혼이다. 남에게 아주 의존적인
사람, 어린아이, 혹은 감옥에 있거나 장애인이 아니라면 이 선택
은 실제로 모든 사람들에게 열려 있다. 나는 서로 어려움을 겪
고 있는 부부들에게 먼저 별거할 것을 권한다. 일단 하루나 이
틀 정도 떨어져서 생활해 보라. 그러고도 효과가 없다면 이번에
는 일 주일간 떨어져 있어 보는 것도 좋다. 그 후에는 세 달에서

여섯 달까지 별거를 해보는 것이다.

별거는 상황의 심각성, 이혼 후에 겪게 될 여러 문제를 미리 깨닫는 기회를 제공한다. 이를테면, 이혼에 대한 리허설인 셈이다. 수많은 부부들이 이혼을 막연하게 꿈꾸다가 일시적인 별거를 경험한 후에 마음을 바꾼다.

네 번째의 선택은 분노 섞인 인내이다. 분노를 삭이며 참는 이 방법은 가장 많은 사람들이 선택한다. 바로 이 방법을 선택하기 때문에 지금까지 이야기한 모든 병적인 심리현상이 나타나는 것이다. 분노를 참으며 인내하면 안 되는 이유 또한 바로 여기에 있다.

위에서 말한 네 가지 선택 중 세 번째까지의 방법으로 문제를 해결하려고 노력한다면 지금보다 훨씬 더 나아질 가능성이 있다. 하지만 이 네 번째 선택을 한다면 더 큰 불행으로 자신을 이끌 뿐이다. 절대로 분노한 채 참지 마라.

약간의 두려움이 더 큰 사랑을 낳는다

지금까지 스스로 만족하는 사람이 되기 위해 어떤 노력을 해야 하는지에 관해 세 가지 방법을 소개했다.

주위 사람들이 당신을 존경하게 하라. 당신을 불쾌하게 하면 그들도 어느 정도 불편함을 감수하게 된다는 것을 알게 하라. 꼭 남들에게 인정받을 필요는 없지만, 당신을 함부로 다루면 똑같이 불쾌해질 것이라는 점을 알려주어야 한다.

아니러니하게도, 이 세 가지 방법은 사람들에게 사랑받고 존경받기 위해서 꼭 필요한 방법이다. 약간의 두려움을 주어야 더 많은 사랑을 얻는다니, 참으로 이상하다고 생각할지 모른다. 하지만 앞서 말한 것처럼 존경 없이 사랑하는 것은 어렵다. 어느 정도의 두려움 없이는 사랑에 빠지기 어렵다.

당신의 주위를 둘러보라. 그리고 가족과 친구, 피고용인의 태도를 살펴보라. 그러면 내가 무슨 말을 하고 있는지 알게 될 것이다. 부모를 존경하고 어려워할 때, 그리고 부모가 엄격하다는 점을 잘 알고 있을 때, 아이들은 부모를 더욱 사랑한다. 아이들을 키울 때는 이런 종류의 통제가 꼭 필요하다. 그 당시에는 불만이 있더라도 성장하면 반드시 고마워할 것이다.

지금까지 감정 통제에 필요한 세 가지 기술을 소개했다. 다시 한번 요약해 보자.

첫째로 자신을 절대로 평가하지 마라. 이 말을 실천하면 자기 실력을 마음껏 발휘하고 다시는 자신을 비하하지 않을 것이다.

둘째로 자기가 맡은 일에 두려움을 느끼지 않도록 자신을 훈련시켜라. 그리고 열심히 일함으로써 수행자신감을 발전시키는 것을 배우도록 하라. 성취감 속에서 살아간다면 열등감을 느낄 겨를이 없을 것이다.

마지막으로 주위 사람들에게 단호해질 필요가 있다. 그래야 그들은 나쁜 습관을 고친다. 당신 또한 계속 그들을 사랑할 수 있다. 이것은 놀랍게도 당신에게 존경을 가져다 준다. 그리고 참지 않음으로써 이전에 당신이 알고 있는 것보다 더 많은 사랑을 느끼게 될 것이다.

여섯 번째 이야기

당신은 무엇을 할 수 있는가

무엇이 성공인가, 무엇이 실패인가

건강한 내면의 삶을 얻으려고 노력하는 과정에서 퇴보를 경험할 수도 있다. 어느 날, 자신을 평가하게 될 수도 있고 늑장을 부리며 남에게 조종되는 것을 내버려두기도 할 것이다. 그리고 그 다음 날은 다시 자신을 평가하지 않고, 어려운 일을 해내려고 할 것이며 권리를 주장할 것이다. 또 하루는 성공하고 있다고 생각하고, 하루는 실패하고 있다고 생각할 것이다.

그러나 이것은 정확하지 않은 생각이다. 내가 설명했던 것은 이틀간의 성공이었다. 그리고 대부분의 사람들은 잘한 일만 성공이라고 평한다. 잘 해내지 못하는 사람의 일도 성공이다.

왜 그럴까. 뭔가 배우고 있다는 것, 시도하고 있다는 것 자체가 성공의 경험이기 때문이다. 잘 못하는 것은 배움을 위한 가치 있는 경험과 마찬가지로 잘 해내는 것이다.

어떤 일을 완벽하게 해냈을 때는 그 일과 자신에 대해서 자세히 알아볼 필요가 없다. 하지만 완벽하게 해내지 못했을 때는 무엇을 잘못했는지, 무엇을 피해야 하는지를 살필 기회를 갖게 된다. 더욱이 새로운 일을 배우기 시작할 때에는 그 일을 완벽하게 해내려면 무엇을 해야 할지 아는 것이 전혀 없다. 스키, 바이올린, 제과 기술 등 수백 가지 기술들을 배우려고 마음먹는 순간까지 말이다. 처음부터 무엇을 해야 하고 무엇을 하지 말아야 하는지를 어떻게 알겠는가. 배워 가면서 실수를 하고, 성공을 위해서 무엇을 피해 가야 하는지를 하나하나 알게 되지 않을까. 그것을 실패라고 부를 수 있는가.

하지만 당신이 실수했다는 사실 때문에 시도했던 것을 포기해 버린다면 정말로 실패하게 된다. 무엇을 피해야 하는지 배울 기회를 잃어버리기 때문이다. 그리고 무엇 때문에 실수했는지 분석하지 않는 경우에도 실패에 이르기 쉽다.

반면에 뭔가를 시도하고 있다면 성공에 한 발짝 다가서고 있는 것이다. 시작할 때는 낮은 단계의 성공만을 이루어내겠지만, 자신의 실수를 깨닫고 그 실수를 넘어서면 조금씩 더 높은 단계의 성공을 얻게 될 것이다. 끊임없는 훈련과 고된 노동을 거치며 수행능력이 더욱 발전할 것이다. 이 과정 자체를 성공이라고 보아야 한다.

물론 이 개인적 성공은 당신에겐 위대하게 보일 것이고 다른 사람에겐 사소한 것일 수도 있다. 그러나 그 활동이 생계를 위한 것이 아니라면 무슨 상관인가. 아마추어라면 개인적 가능성만을 점검하면 된다. 자신의 잠재력을 고려하여 완벽을 목표로 삼아라. 완벽한 실력을 갖지 못하더라도 아마추어 페스트리 요리사나 웬만한 실력의 스키맨, 또는 수준급 기타리스트가 되는 것에는 아무런 문제가 없다.

적극적으로 사랑을 표현하라

사랑하는 사람이 행복하고 건강하지 않기를 바라는 사람은 없다. 우리는 그들이 스스로를 평가하지 않는 사람, 오늘 해야 할 일을 내일로 미루지 않는 사람, 남에게 이용당하지 않는 사람이 될 수 있도록 도와줘야 한다. 그러기 위해서는 우선 당신이 건강한 행동의 모델이 되어야 한다. 그래야만 배우자나 아이들이 보고 배울 수 있다.

이것을 효과적으로 실천하려면 이 책에서 시키는 대로 한번 따라서 해 보라. 사람들이 나쁜 일을 했을 때는 행동만을 나쁘게 평가하고, 대단한 일을 해냈을 때는 그 일을 칭찬하라. 어떤 경우든 사람들의 자아를 공격하지 마라. 그 일을 어려워하는 이유는 남과 가까워지는 것이나 경쟁하는 것을 두려워하고 있기 때문이다. 이런 두려움을 갖고 있다면 사랑하는 사람들의 훌륭한 행동을 칭찬하기가 매우 어려울 것이다.

남과 아주 가까워지는 것을 두려워하면서, 배우자에게 "당신을 사랑해요. 당신은 내게 너무나 잘해 줘요. 당신과 함께 살게 되어 너무 행복해요. 정말 당신과 결혼하길 잘했어요"라고 말할 수는 없다. 속마음을 털어놓지 못하고 비웃음과 거절에 상처받기 쉬운 사람이라면 사랑하는 이에게 이런 말을 할 수 없을 것이다. 그러나 배우자나 아이들을 칭찬할 수 없을 정도로 불완전한

사람은 없다. 창피당할까 봐 두려워서 지레 말을 못하는 것뿐이
다. 표현하지 않으면 사랑하는 주위 사람들도 당신에게 진실한
마음을 보여줄 수 없다. 서로 품고 있는 사랑을 보여줄 때에만
더욱 안정적인 관계가 형성된다. 행동으로 말을 뒷받침하라. 아
내에게 사랑한다고 말하는 것만으로는 안 된다. 키스하거나 애

정이 담긴 포옹으로 감정을 표현하는 것이 훨씬 더 중요하다. 스킨십을 통한 사랑 표현은 생각보다 효과적이다. 애정이 깊지 않고 감정을 표현하지 않는 부모님 밑에서 성장한 사람들은 사랑을 어떻게 표현하는지를 모른다.

이런 사람들은 마치 감정의 로봇 같다. 만나서 인사할 때 혹은 헤어질 때에도 키스하지 않는다. 데이트 중에 팔짱도 끼지 않는다. 이토록 차가운 생선 같은 사람들이 나누는 섹스를 상상할 수 있을까.

사랑하는 사람이 열등감을 극복하도록 힘과 안정을 주려면 어떻게 해야 할까. 그가 어려움에 빠졌다면 도와줘라. 여유가 있다면 자동차나 주택계약금, 가구나 옷, 형편에 닿는 대로 도와줘라. 누구나 한번쯤 불운의 때를 만난다. 뿐만 아니라 적절한 시기에 도움을 받는다면 스트레스도 줄고 심한 노이로제에 빠질 일도 없다. 특히 열등감도 줄어든다.

인생은 짧고 배울 것은 많다

아는 것이 힘이다. 인간의 행동방식에 대해 많이 알게 될수록 정신적으로 더욱 건강해진다. 여기 유용한 책을 소개하겠다.

앨버트 엘리스 박사와 로버트 하퍼가 저술한『합리적 삶을 위한 새로운 안내서』라는 책은 정서적 장애의 기초를 알기 쉽게 서술한 매우 탁월한 책이다. 이 책은 나의 연구에서 인지-정서-행동치료 기술을 사용할 때 출발점이 되기도 했던 책의 하나이다. 엘리스 박사가 저술한 책『노이로제에 대처하는 법』은 어려움을 갖고 살거나 일하는 사람들을 위한 또 다른 필독서이다. 이 책은 대인관계에서의 여러 어려움에 폭넓게 적용될 수 있다.

뉴욕 동쪽 65번가에 위치한 앨버트연구소는 책과 음성녹음테이프, 그리고 비전문가와 직업상담가에게 큰 도움이 되는 비디오테이프, 특히 윈디 드라이던, 맥시 몰츠비, 레이 디지지프의 저서들을 판매하고 있다. 테리 런던의『변화에 대한 도전』은 읽기 쉽고 생생한 정보가 가득하다. 이 책은 최근 이벤스턴의 가필드출판사에서 출판되었다.

내가 쓴 책 중에서는 다음의 책들이 비교적 일반인들에게 평판이 좋았다.『합리적 방법으로 아이 기르기』는 나의 첫 번째 책이었는데, 1972년부터 호평을 받아왔다. 이 책에서는 부모님들이 아이들을 기르면서 저지르게 되는 일반적 실수들을 다루고 있다. 아이들에게 있어서 두려움, 우울증, 그리고 분노와 같은 일반적 감정들이 어떻게 생겨나고, 그런 감정들을 어떻게 줄일 수 있는지에 대해 자세히 설명했다.

『이성적인 목회 상담』은 최근에 나온 책이다. 찾기 힘들겠지만 여전히 미국 전역에 몇 부 남아 있다. 이 책은 종교적 관점에

위배되지 않으면서 실제적이고 빠른 심리학적 도움을 주고자 하는 성직자들을 위해 쓰여졌다.

『우울증 극복하기』『좌절과 분노 극복하기』『근심과 두려움 극복하기』『질투와 소유욕 극복하기』란 책들은 그 고통스런 상황을 이해하고 개선하도록 가르치는 내용들이다. 또 『당신이 원하는 것을 하는 방법』에서는 스스로의 동기를 유발하여 잠재력을 발휘하고 힘든 일을 맞닥뜨리는 법을 가르치고 있다. 이밖에 『당신을 내세우는 법』과 『삶에서 최상의 것을 얻는 법』에서는 자기주장 기술을 발전시키는 것을 집중적으로 다루고 있다. 이 책의 5장에서는 이 두 권의 책에 나오는 몇 가지 소재들을 다루었다. 사랑과 결혼에 대해서는 『결혼은 사랑의 비즈니스』라는 책에서 다루고 있다.

인생은 짧고 배울 것은 많다. 아무 쓸모 없는 책을 읽느라 시간을 낭비하지 마라. 다음과 같은 책들은 읽을 필요가 없다.

첫째로 자기애나 자기평가를 주장하고 있는 책을 읽지 마라. 그런 책들이 왜 도움이 되지 않는지는 모두 알 것이다.

둘째로 깊이 있고 철학적인 변화보다 겉으로 나타나는 변화만을 다루는 책들은을 피하라. 이런 책들은 어떻게 하면 깔끔하게 옷을 입을 것인가, 어떻게 사회적으로 품위 있게 보일 것인가, 활기차고 지적인 대화를 하기 위해 어떻게 독서할 것인가를 알아볼 때는 유용하다. 이런 방법으로 수행자신감이 증가한다 할지라도 사람들이 당신 내부를 들여다보게 되면 이제껏 쌓아왔던 것들은 모래성처럼 무너진다.

면도 후 로션을 바른다고 진정한 마음의 평화가 이루어질까. 내면의 변화가 일어나야 한다. '거절'에 대해 생각하는 것이 거절을 피하기 위해 어떤 행동을 하는 것보다 훨씬 더 중요하다. 이 책에서는 다음과 같은 네 가지 사항을 전달하고 있다.

첫째로 우리를 화나게 하는 사람은 바로 자기 자신이다.

둘째로 거절당한다고 상처 받을 필요는 없다.

셋째로 잘못 행동했다고 해서 가치 없는 사람이 되는 것은 아니다. 어떠한 것으로도 그렇게 되지는 않는다.

넷째로 바라는 대로 일이 되지 않았다고 해서 지구의 종말이 온 것은 아니다.

자기를 사랑하게 되는 그날까지

나는 내담자와 만날 때마다 몇 권의 책들을 추천해 준다. 왜냐하면 다음번 상담을 갖기 전에 그 책들을 읽고 많은 것을 배우면 그만큼 상담의 횟수가 줄어들기 때문이다.

내담자들은 그 책의 내용을 반복하면서 스스로 공부할 수 있다. 그리고 다시 만날 때, 우리는 분명하지 않은 점에 대해 집중적으로 검토할 수 있다. 내담자들 중에는 상담을 받으러 오면서 책을 갖고 오는 경우도 많다. 그럴 때 책을 살펴보면 대부분 중요하다고 생각되는 구절에 밑줄을 쳐놓았다. 이런 훈련은 참으로 훌륭한 방법이다. 책을 훑어보다 보면 매우 쉽게 중요한 생각들을 발견할 수 있을 것이다.

이 문제를 배우는 가장 좋은 방법의 하나는 다른 사람을 가르치는 것이다. 다른 사람을 가르치다 보면 자기 자신의 심리학적 지식이 끊임없이 도전을 받는다는 사실에 놀랄 것이다. 나 역시 그런 도전을 받는다. 그럴 때마다 얼마나 긴장하는지 여러분은 모를 것이다.

만일 다른 사람들에게 가르칠 때, 그들이 당신에게 이상하다고 말하면 스스로를 방어하려고 노력하라. 만일 심리학적 이론에 대해 확신이 서지 않는다면, 사람들의 도전을 받았을 때 자신의 입장을 정확히 변호해 보라. 자신 있게 변호할 수 있다면, 자신의 이론에 대해 이전보다 더욱 확신을 갖게 될 것이다. 치료를 하는 것은 치료를 받는 것과 똑같다. 나는 상담하는 모든 사람에게 그것을 느낀다. 우리는 서로에게서 배우는 것이다.

심리학자도 아닌데 정신역학에 대해 어떻게 사람들에게 말할 수 있겠냐고 항의하는 사람도 있을 것이다. 하지만 생각해 보라. 그렇게 해서 안 되는 이유가 어디 있는가. 상담을 받으면 어떻게 될 거라고 생각하는가. 정서적 문제를 일으키게 되는 원인을 알고, 그 고통스런 상황을 피해갈 방법에 대해 배우지 않겠는가. 다른 사람들보다 훨씬 더 많이 알게 되었다면, 당연히 그 지식으로 다른 사람을 도와줘야 한다.

당신은 응급처치반에서 배웠던 내용을 남에게 이야기해 줄 수 있다. 치과 의사가 일러준 대로 자녀들에게 치아 돌보는 방법을 이야기해 주기도 한다. 분명히 당신은 치과 의사가 아니다. 치과에 관한 지식을 모두 다 갖고 있지도 않다. 그런데 어떻게 그렇게 말할 수 있는가.

망설이지 말고, 자기가 아는 대로 남들에게 이야기하라. 당신처럼 힘들어하는 이들을 가르쳐라. 부끄러워할 이유가 없다. 당신의 생각을 드러내라. 당신의 건강을 되찾기 위해 주위의 어떤 사람이든 활용하라. 가르치면 가르칠수록 더 많이 배우게 된다. 나 역시 그런 이유로 '사랑과 결혼' 혹은 '자기주장 훈련'이라는 주제에 관해 집필하기 시작했다. 내담자가 없었다면 나를 전율시켰던 통찰력도 얻지 못했을 것이다.

이 책은 바로 그런 책이다. 이 책을 한 번 이상 읽어라. 한 번 읽고 뭔가 이루어지기를 기대하지 마라. 그 대신 끈질기게 이 문제에 매달려라. 자존감과 자기애를 극복하는 날까지. 그것을 배웠다면 자기를 있는 그대로 받아들이려고 노력하라.

오직 행동을 평가하고 존재는 평가하지 마라

나는 1955년 인지-정서-행동치료를 시작한 이래로 자기가치 *self-worth*라는 문제에 대한 연구에 심혈을 기울여 왔다. 그리고 많은 환자들에게 적용해 본 결과, 이 치료가 심리치료 기법 중에서 가장 철학적이라는 결론을 얻었다. 한 개인과 타인과의 관계에 있어서 자기가치의 문제, 사람들의 인지와 정서 등 중요한 문제를 직접적으로 다루고 있기 때문이다.

오랜 연구과정과 임상실험을 거치면서 사람들이 어떻게 스스로를 긍정적, 부정적으로 평가하는지에 대해 몇 가지 해답을 얻었다. 그리고 그 해답을 많은 환자와 독자, 워크숍 참가자들에게 적용한 결과, 이전에 정신분석치료를 했을 때보다 이 기법이 훨씬 더 효과적임을 발견했다.

수많은 사람들이 자기평가에서 일어나는 문제를 다룰 때 인지-정서-행동치료를 적용시켜 왔다. 그리고 이 이론을 지지하는 수백 편의 논문과 저서들이 끊임없이 출판되고 있다. 하지만 폴 호크만큼 분명하고도 알기 쉽게 쓴 책은 없었다. 그는 1967년 『합리적 방법으로 아이 기르기』를 펴냈고, 70년대와 80년대에는 우울증, 걱정과 두려움, 좌절과 분노, 질투와 소유욕과 같은 정서적인 문제를 다룬 책을 계속 집필해 왔다. 이런 책들은 모두 독자가 읽고 따라 함으로써 치료가 가능한 것들이다.

수많은 사람들이 그의 책을 사용함으로써 마음의 병을 고쳤다고 자신 있게 말할 수 있다. 심리치료사들도 폴 호크의 책을 사용하여 큰 효과를 거두었다. 뉴욕에 있는 인지-정서-행동치료 연구소 치료사들은 환자들에게 폴 호크의 책을 자주 활용했는데, 환자들 대부분도 이 책을 읽고서 도움을 받았다고 했다.

폴 호크가 이전에 썼던 책에서는 인간 가치의 문제를 조금 소홀히 다룬 듯한 느낌이 있었지만 최근에는 훨씬 더 자세히 접근하고 있다. 물론 본인이 이룬 일을 통해 자신이 어느 정도의 인간인지를 평가하는 것은 대단히 중요하다. 그렇지만 그 평가가 객관적이고 합리적인 평가일 수는 없다. 이 책에서 수많은 이유를 들어 그 사실을 설명하고 있다.

자기자존감은 마음을 병들게 하고 무능한 인간이 되게 할 뿐이다. 자존감은 자신이 만족할 만한 일을 이루고, 그것으로 다른 사람에게 인정받을 때에만 생겨난다. 그렇다면 어떤 사람이 자존감에 있어서 만족한다고 말할 자격을 갖추고 있겠는가.

폴 호크는 사람들이 원하는 것을 성취할 수 있도록 도와줄 수 있는 두 가지 중요한 특성, 즉 다른 사람에 대한 관용과 자기훈련을 자기수용과 연결시켰다. 이 책에서 그는 자기 스스로 자신을 도울 수 있는 아이디어를 상당히 많이 제시하고 있다.

여기서 나는 대중 강의나 『심리치료의 이성과 정서』『합리적-정서적 접근』『자기 자신을 비참하게 만드는 것을 완강하게 거절하는 방법』과 같은 책에서 이미 밝힌 것처럼, 자기평가에 관한 가장 탁월한 철학을 소개하고 싶다.

사람은 두 개의 강한 경향을 갖고 태어나며 양육된다. 하나는 자신의 행위, 생각, 감정과 행동을 평가하고 그것이 '좋다' 혹은 '효과적이다'를 판단하는 것이다. 다른 하나는 '자아, 존재, 본질, 전체성'을 평가하거나 판단하는 것이다.

이 두 가지 중에서 인지-정서-행동치료 이론은 전자의 성취평가를 계속하라고 권한다. 후자의 자기평가에 관해서는 신중해지는 것이 좋다.

자신의 행동을 잘 관찰하면 자기평가가 자연발생적으로 될 것이라고 생각하는 사람들이 많다. 그러나 자기평가란 주로 자신의 특징을 평가하는 방식에서, 그 평가를 당신 임의로 내리기 때문에 생긴다. 행동과 자아는 실제로 연결되어 있지 않다. 만약 자신의 '자아' 혹은 '본질'을 평가하기를 원한다면 어떤 것이든 평가할 수는 있다. 예컨대, 살아 있다는 사실, 성장과정, 국적, 신장, 식성, 종교, 가정 등 많다. 하지만 가치판단에 부여하는 의미는 대단히 임의적일 수 있다. 예를 들어, 키가 작아서 행복하다거나 키가 커서 행복하다고 말할 수 있다. 혹은 사람들에게 인기 있기 때문에, 상류층 사람들이 좋아하기 때문에 자기가 대단한 사람이라고 평가할 수도 있다. 그러나 이것은 객관적인 평가라고 볼 수 없다.

만약 어떤 뚜렷한 기준, 특히 훌륭한 성취라는 관점에서 자기 가치를 정의한다면 감정적으로 어려움에 빠지기 쉽다. 이런 저런 이유로 당신이 자신의 신용에 걸맞은 훌륭한 행동을 하지 못할 때 당신은 가치 없는 사람이 되고 만다. 그리고 당신이 이미 훌륭한 행동을 했다면 이후에 그러한 행동을 하지 못할까 봐 불안하게 된다. 결코 만족할 만한 수준에 도달할 수가 없다.

자기평가 문제를 오랫동안 연구한 끝에 인지-정서-행동치료의 두 가지 방법을 찾았다. 지금 당장은 힘들겠지만 당신의 자아, 존재, 본질을 아예 평가하지 않겠다고 결심하라. 만약 당신이 자아 혹은 본질을 가졌다고 가정하기를 원한다고 해도 어쨌든 판단하고 측정하고 평가하는 것을 완고하게 거절하라. 학자들도 그것을 정의하는 데 오랜 세월을 보냈다.

오직 당신의 행동만을 평가하고 당신의 존재를 평가하지 마라. 그리고 다음에는 더 잘할 수 있는 방법을 발견하고 그 과정을 즐겨라. 당신은 자기 행동에 책임이 있다. 잘못된 행동을 할 때 무책임하게 행동하고 있다는 것도 인정하라. 그러나 그 때에도 자아를 평가하지 마라. 오직 그것이 무책임한 행동인지 훌륭한 행동인지만을 평가하라. 바로 이 점이 자기가치 문제에 대한 가장 훌륭한 인지-정서-행동치료의 해답이다. 물론 별로 어렵지 않다고 생각할 수도 있을 것이다.

우리는 때때로 자아 혹은 존재를 평가할 수도 있다. 일생동안 절대 변할 것 같지 않은 문제이거나 자기가 마음만 먹으면 바꿀 수 있는 일반적인 경우에는 평가해도 좋다.

예를 들어, 나는 존재하기 때문에, 혹은 살아 있기 때문에 행복한 사람이라고 말할 수 있다. 그래서 죽을 때까지 불행하지 않을 수 있다. 혹은 오류에 빠지기 쉬운 불완전한 사람이기에 행복하다고 말할 수 있다. 살아 숨쉬는 동안 내내 당신은 이것이 항상 진리라고 강하게 확신할 수 있지 않은가. 신이 나를 사랑하기 때문에 행복하다고 말할 수 있다. 이렇게 생각하면 신이 존재하고 항상 당신을 사랑한다고 확신할 수 있다.

자기가치 문제에 있어서 어떤 방법을 선택하느냐 하는 것은 당신의 몫이다. 마음에 드는 것을 선택하라. 당신의 자아를 평가하는 것은 선택이지 필수가 아니다. 실제적인 목적을 위해 누군가의 성취를 평가할 때 자아를 평가할지 말지 선택하는 것은 당신의 몫이다.

만약 당신이 행복한 사람이라고 평가한다면 당신 자신의 선택이기 때문에 그 사실을 완벽하게 확신할 수 있다. 이 때 당신은 훌륭한 성취를 해내든 못하든, 다른 사람이 인정하든 말든 자기 자신이 행복하다고 믿는다. 이 결정을 하고 나면 그 다음에 즐거운 시간을 보내기 위해, 그리고 당신이 살기로 선택한 사회적 환경에 기여하기 위해서, 어떻게 하면 더욱 효과적으로 계속해서 살 수 있을 것인가에 대해 자기 자신에게 질문할 수 있다.

만약 당신이 이러한 관점을 지지하는 탁월한 주장에 대해 알기를 원한다면, 이 책을 다시 한번 읽어보기 바란다. 풍부한 내용을 발견할 수 있을 것이다.

인지-정서-행동치료연구소장

앨버트 엘리스 박사

주눅 든 현대인이 자신 있게 성공하기 위한 호크 박사의 조언

왜 남과 자신을 비교하는가

폴 호크 지음 | 박경애 · 김희수 옮김

펴낸곳 | 도서출판 사람과 사람
펴낸이 | 김성호

제1쇄 발행 | 2001년 6월 15일
제3쇄 발행 | 2011년 2월 15일

등록번호 | 제1-1224호
등록일자 | 1991년 5월 29일
주소 | 서울 마포구 망원동 458-84 2F
대표전화 | (02)335-3905~6 팩스 | (02)335-3919

값은 표지 뒷면에 있습니다